TITAN +

Collection dirigée par
Stéphanie Durand

NE ME REGARDE PAS
SUR CE TON

Catalogage avant publication de Bibliothèque et Archives nationales
du Québec et Bibliothèque et Archives Canada

Poudrier, Élyse
Ne me regarde pas sur ce ton
(Titan + ; 98)
Pour les jeunes)
ISBN 978-2-7644-1689-1 (version imprimée)
ISBN 978-2-7644-2277-9 (PDF)
ISBN 978-2-7644-2278-6 (EPUB)
I. Titre. II. Collection: Titan + ; 98.
PS8581.O836N4 2012   jC843'.6   C2012-941319-4
PS9581.O836N4 2012

 Conseil des Arts Canada Council
du Canada for the Arts

Nous reconnaissons l'aide financière du gouvernement du Canada par
l'entremise du Fonds du livre du Canada pour nos activités d'édition.

Gouvernement du Québec – Programme de crédit d'impôt pour l'édition
de livres – Gestion SODEC.

Les Éditions Québec Amérique bénéficient du programme de subvention
globale du Conseil des Arts du Canada. Elles tiennent également à
remercier la SODEC pour son appui financier.

Québec Amérique
329, rue de la Commune Ouest, 3e étage
Montréal (Québec) Canada H2Y 2E1
Téléphone: 514 499-3000, télécopieur: 514 499-3010

Dépôt légal: 4e trimestre 2012
Bibliothèque nationale du Québec
Bibliothèque nationale du Canada

Projet dirigé par Stéphanie Durand
Mise en pages: Andréa Joseph [pagexpress@videotron.ca]
Révision linguistique: Émilie Allaire et Chantale Landry
Conception graphique: Audrey Guardia
Illustration en couverture: Maryse Harvey

Imprimé au Canada

ÉLYSE POUDRIER

NE ME REGARDE PAS SUR CE TON

Québec Amérique

à J.

Je.

Avant d'ouvrir un nouveau livre, je jette un coup d'œil au jeune érable qui pousse sur le trottoir, en face. Je l'aime. Je l'aime parce qu'il est maigre et qu'il essaie de survivre dans son carré de terre, coincé entre l'asphalte, les autos, les bicyclettes et les piétons. On appelle ça un environnement hostile au développement de la vie.

Charlotte Gingras, *La liberté? Connais pas...*

Quelque part, dans une mer d'humains...

Un jeune papa et une jeune maman se promenaient en tenant fiston par la main. Ils le balançaient entre eux en s'amusant de l'entendre répéter «Encore! Encore!». Un joggeur tâchait de garder le rythme tout en conservant un œil sur son golden retriever qui épiait les oiseaux à la dérobée. Ceux-ci piochaient des grains dans la main d'un homme qui me faisait drôlement penser à Sherlock Holmes.

Des amoureux dormaient enlacés sur une courtepointe. Une bande de cinq ou six jeunes s'adonnaient à quelques acrobaties en essayant d'attraper le frisbee qu'ils lançaient entre eux. Deux femmes d'un certain âge roulaient sur un tandem rouge. Elles discutaient comme si les années n'avaient jamais eu raison de leur forme physique.

Mon nez détectait une odeur de moutarde et de salami poivré provenant du panier de pique-nique à quelques mètres de moi. Ce qui m'a rappelé que je n'avais rien avalé depuis plusieurs heures. Mon estomac émit un bruit de contestation.

Mes yeux se plissaient sous l'effet du soleil et je devais combattre pour ne pas les fermer et me mettre à ronronner. J'aurais pu dormir là, au beau milieu de tous ces gens.

J'avais laissé mon intérêt passer de mon livre – pourtant stimulant – aux gens qui profitaient tout comme moi de la magnifique journée des Patriotes pour flâner au parc La Fontaine. Je ne me lassais pas d'observer la vie qui grouillait autour de moi. J'aurais pu aller m'enfermer dans une salle de cinéma, perdre une dizaine de dollars et m'isoler dans la semi-obscurité que me fournissait ce genre d'endroit.

Cela aurait été mon genre, l'an dernier.

Au lieu de cela, j'ai conservé mes maigres économies et je suis venue me planter au beau milieu d'un groupe d'humains en chair et en os, qui me procurait un aussi grand divertissement, sinon plus.

Il me semblait qu'une éternité s'était écoulée depuis la dernière fois où je m'étais laissée vivre de cette façon. Détendue et libre de toute contrainte.

Heureuse.

J'ai entendu des pas venir dans ma direction. Le gazon en atténuait le son, mais je percevais tout de même un bruissement dans les brins d'herbe.

Puis, une ombre s'est glissée sur mon visage. J'ai ouvert les yeux.

Il était à contre-jour, mais je distinguais clairement sa silhouette mince et ses cheveux hirsutes.

J'ai affiché un énorme sourire.

Il faisait bon revivre.

PREMIÈRE PARTIE

Session d'automne

Chapitre 1

— Où étais-tu passée ce matin, Laure ? Le cours de littérature américaine ne te disait pas ?

J'ai refermé mon cahier au son de la voix de Solange. Charles et Mathis étaient à ses côtés.

— On n'est qu'à la deuxième semaine de cours et déjà, tu commences à sécher ? Il n'est pas un peu tôt ?

Tout en me questionnant, Solange m'a tendu un paquet de feuilles. C'étaient les exercices qu'ils avaient vus en classe.

J'ai bredouillé un merci du bout des lèvres. Solange n'a pas insisté sur mon absence.

— Je vais me chercher quelque chose à manger. Qui vient avec moi?

Charles s'est porté volontaire pour l'accompagner. Mathis s'est attablé en face de moi et a profité du fait que Solange et Charles se soient éclipsés pour m'interroger :

— Ça va?

— Hmm-hmm. Et toi?

J'ai ramassé la pile de cahiers, feuilles et livres pêle-mêle sur la table. Mathis étirait les bras au-dessus de sa tête en bâillant. Je me demandais quel genre de nuit il avait passé...

— Je te connais depuis combien de temps, maintenant? Neuf? Dix ans?

J'ai répondu promptement :

— Douze ans en janvier. Tu es arrivé à la maternelle avec quelques mois de retard parce qu'à l'été de tes cinq ans, tu avais sauté du haut de ton balcon, au deuxième étage où était situé votre logement; tu étais persuadé que tu pouvais voler. Après cet accident, tu as passé une bonne partie de l'automne hospitalisé pour cause de fractures diverses au tibia et au coude gauches. Tu ne pouvais plus bouger la tête, dû au collet cervical que tu as été obligé de porter pendant quatre semaines.

Mathis a grimacé. Sa mère me montrait la photo de son hospitalisation à chacun de ses anniversaires. C'était un épisode qui embarrassait franchement mon meilleur copain, mais il n'était jamais parvenu à mettre la main sur cette fameuse photo pour faire disparaître la preuve de sa naïveté.

— Ouais, bon, ce n'était pas vraiment le but de ma question. Ce que je voulais dire, c'est que je te connais depuis un sacré bout de temps maintenant et que je ne t'ai jamais vu manquer un seul cours. Alors, permets-moi de reformuler : qu'est-ce qui ne va pas ?

Mathis me dardait d'un regard appuyé.

— Oh, arrête, Mathis ! Ce n'est qu'un seul cours. On n'en fera pas un événement historique.

Je l'ai observé retirer son veston et le déposer sur le dossier de sa chaise. Grand, presque maigre, il est du type nerveux qui ne tient pas en place deux minutes. Qu'on soit au cinéma, au resto ou en classe, il tape inévitablement du pied pour passer son stress. Dès la première année à l'école primaire, je l'avais surnommé Panpan. Comme le petit lapin dans *Bambi* qui se mettait à battre de la patte sitôt que sa petite copine s'approchait pour l'embrasser.

Sauf que je n'étais pas sa petite copine.

Et on ne s'embrassait pas, lui et moi.

— Alors? Qu'est-ce qui se passe?

Il s'est penché au-dessus de la table, déposant toute son attention sur un plateau d'argent devant moi. Mes doigts ont entrepris de faire le ménage des grains de sel oubliés par l'occupant qui nous avait précédés à cet endroit. Comme je ne répondais pas, Mathis a posé une main sur la mienne. Je n'ai pas eu d'autres options que de planter mes yeux dans les siens.

— Mais rien. Il ne se passe strictement rien. Je t'assure.

Malgré le ton léger que je tâchais de prendre, je me demandais s'il n'était pas justement là, le problème. Dans le fait qu'il ne se passait rien dans ma vie.

— Pourquoi tu n'es pas allée à ton cours ce matin?

Sa question m'a fait tiquer.

J'adorais Mathis. C'était mon meilleur ami. Si la notion d'âme sœur devait exister, elle s'appliquerait bien au duo que nous formons, lui et moi. Je ne m'étais jamais aussi bien entendue avec quelqu'un. Il savait anticiper le moindre de mes gestes, deviner mes pensées, traduire en mots ce que mon esprit se bute à garder sous silence. Des fois, j'avais l'impression qu'il me connaissait mieux que moi-même. Il s'amusait à me décortiquer et à m'analyser comme si j'étais un sujet de laboratoire.

Mais il y avait des jours, comme aujourd'hui, où je n'avais aucune envie de me prêter à son jeu. Surtout lorsqu'il employait un ton paternaliste envers moi.

— Parce que. Je n'en avais pas envie.

La dureté de ma voix n'a eu aucun impact sur son immobilité. Il continuait à me fixer, les sourcils froncés. Je me suis reprise :

— J'ai de la difficulté à me remettre en mode école. C'est tout. Ma tête est encore en plein mois d'août. Ça va me passer. Il faut juste que je fasse la transition.

Quelle menteuse je faisais !

Je déteste l'été autant que la salle d'attente chez le dentiste, et Mathis le savait pertinemment. En septembre, j'étais toujours la première d'entre nous à me procurer mes articles scolaires. Plus vite je mettais un terme à ces deux longs mois moites et inutiles, et plus vite je reprenais vie.

Habituellement, à ce temps-ci de l'année, j'ai des fourmis dans les jambes. Cela ne se contrôle pas. C'est du domaine neurologique. Le retour à l'école a toujours eu cet effet-là sur moi. Sans doute parce qu'avec lui, la fin de l'été est bel et bien déclarée.

Et, par le fait même, le beau gros temps libre à perpétuité aussi se termine officiellement.

Aujourd'hui, à dix-huit ans, quand mon employeur – à la librairie – me demande de sélectionner mes semaines de vacances, j'angoisse. Je suis tout le temps à court d'argent, j'ai horreur du camping, je n'ai pas de voiture, mon appartement est aussi grand que la garde-robe que j'avais dans mon ancienne chambre chez mes parents, mon téléviseur ne capte qu'une seule chaîne – et cela, c'est quand il n'y a pas d'interférences avec les chaînes des autres locataires de l'immeuble –, la surabondance de la population de Montréal lors des festivals m'étourdit, je n'ai pas d'air climatisé, je ne pratique aucun sport et je n'appartiens à aucun club social, parce que mes habiletés sociales – justement – n'ont jamais atteint leur paroxysme.

Alors, Laure Tousignant qui ne veut pas voir l'été se terminer? Il fallait être abruti pour croire un mensonge pareil.

Toutefois, Mathis n'a pas insisté et on a accueilli le retour de Solange et Charles comme si de rien n'était.

— Charles... CHARLES! Je t'arrête tout de suite: Gérard Depardieu n'est pas un *grand* acteur. Merde! Ouvre-toi les yeux. Il incarne toujours le même type de personnage.

Mathis et moi avons échangé un regard entendu. Il n'avait fallu que cinq minutes pour qu'ils se remettent à s'obstiner, ces deux-là.

— Et pour toi, peaufiner son jeu dans un seul type de rôle, ça ne compte pas? C'est une pure perte de temps?

— S'il le peaufinait, au moins... Non, il rendosse inévitablement le même costume d'un film à l'autre.

Charles s'est laissé choir sur la chaise à mes côtés.

— OK, explique-moi l'analogie entre Obélix et Cyrano?

— Ben, voyons! C'est évident: deux gros bêtas en admiration devant des femmes inaccessibles. C'est le classique de Depardieu. Tout le monde sait ça.

— Ben oui, mais Depardieu a une carrure de gros bêta. Qu'est-ce que tu veux que je te dise ? On n'y peut rien. C'est sa mère qu'il faudrait blâmer...

Solange et Charles s'évertuaient dans leur temps libre à vouloir se mettre d'accord sur la définition d'un grand acteur. Jusqu'à ce jour, ils n'ont jamais réussi à trouver le moindre consensus. Leurs discussions prenaient régulièrement des allures de joutes oratoires, mais ni Mathis ni moi n'étions dupes. Le ton montait souvent entre les deux. Leurs escarmouches ne faisaient cependant que cacher l'attirance mutuelle qu'ils avaient l'un pour l'autre. C'est ce qu'on s'acharnait à leur dire.

Solange a ouvert le couvercle en plastique de son repas et a grimacé devant son contenu.

— Laure, s'il te prenait encore l'envie de faire l'école buissonnière, tu pourrais te rendre utile et nous dénicher un bon petit café dans le coin qui pourrait nous changer de la bouffe de la cafétéria. Je commence à faire des ulcères d'estomac à force d'ingérer cette... chose.

⁓

Le téléphone a sonné.

Je n'ai pas bougé d'un pouce.

J'ai continué à fixer le plafond, captive de ma propre hypnose.

Deuxième coup.

Le poids de *Moby Dick* pesait sur mon thorax. Les quelque six cents pages de l'œuvre la plus fameuse de Melville entravaient ma respiration depuis un bon quart d'heure. Elles n'avaient pas réussi à retenir mon attention plus de deux minutes.

Troisième coup.

Mes yeux ont délaissé les vergetures du contreplaqué. J'ai tendu la main et répondu machinalement.

C'était Mathilde – l'une de mes sœurs –, qui m'annonçait sans ambages un brunch chez mes parents pour le dimanche suivant.

J'ai hésité.

Et j'ai tenté instinctivement de me trouver une défaite. Mais tout ce que ma bouche a réussi à articuler, c'est :

— Tu ne trouves pas ça étrange que ce soit toi qui m'invites chez papa et maman ?

Ma sœur a soupiré à l'autre bout du fil.

— Tu aurais préféré que ce soit maman qui te convie à son propre anniversaire ?

— Déjà ?

J'ai effectué rapidement les calculs dans ma tête. Les deux ou trois notions de mathématiques que j'ai acquises de peine et de misère au secondaire ne me donnaient pourtant pas tort : nous étions rendus à célébrer les cinquante-trois ans de ma mère.

— Et qu'est-ce qu'on lui offre, cette année ? Un abonnement à *Coup de pouce* ou un chèque-cadeau chez *Yves Rocher* ?

— Ni l'un ni l'autre. Un facial chez *Jouvence*.

J'ai levé les yeux au plafond.

— Bon. Je te vois déjà faire la moue. Mais si tu as une meilleure idée, dis-le. Viviane et moi, on a fait le tour de tout ce qui pouvait s'offrir à une mère.

— Si tu veux mon avis, ça fait plus de dix-huit ans qu'on a fait le tour...

Elle n'a fait aucun cas de ma remarque. Après toutes ces années passées dans le rôle de la petite sœur, je m'habituais.

— Viviane et moi, on a aussi décidé que c'est toi qui l'accompagnerais.

J'ai encaissé la nouvelle silencieusement.

Ce qu'il y a de bien quand on est la benjamine d'une famille, c'est que notre opinion et notre emploi du temps comptent pour du beurre. Parce que je n'ai pas encore de boulot sérieux. Parce que je n'ai pas encore de petite famille de laquelle je dois prendre soin. Parce que je ne suis qu'une étudiante.

— Est-ce que je peux avoir mon mot à dire là-dedans ou le sceau du premier ministre a déjà été apposé sur le contrat?

— Tu n'es pas vraiment en position de parler. Ça fait presque deux décennies que tu nous laisses nous débrouiller avec le cadeau de maman. Belle façon de t'impliquer et de rattraper les années perdues, tu ne trouves pas?

— Me vois-tu en train de recevoir un facial, Mathilde?

— Justement. Tu ne trouves pas qu'à l'âge où tu es rendue, il serait temps que tu reçoives ton premier? Tu n'entends pas les pores de ta peau crier: «Prends soin de nous! Bichonne-nous!»?

J'ai éloigné le récepteur de mon oreille et j'ai fait mine de hurler.

Quel terrible délit avais-je commis dans mes autres vies pour être tombée sur cette famille-ci?

Chapitre 2

Le soleil était plutôt fort pour ce début d'après-midi d'octobre. Les yeux fermés, je profitais de sa chaleur et m'imaginais ailleurs. Loin de l'école et des obligations de la vie quotidienne.

Des fois, je me disais que la vie pourrait être tellement simple sans les mille et une questions qui se bousculaient dans ma tête...

— Bonjour, beauté des îles...

J'ai souri et ouvert un œil. Mathis était à contre-jour devant moi. Il s'est penché, m'a embrassée sur les joues.

— Tu te fais dorer la couenne ?

Pour seule réponse, je me suis étirée paresseusement, en continuant de sourire.

— Ouin, ouin, ouin... Pousse-toi un peu, je veux en profiter moi aussi. Ça a l'air euphorisant, ton affaire.

Il s'est laissé tomber à mes côtés et a offert sa tête aux rayons. Je l'ai observé du coin de l'œil. Je le trouvais beau. Il avait des traits fins, asymétriques. De sorte que lorsqu'il souriait, comme en ce moment, c'était tout son visage qui s'illuminait. Ses yeux et ses lèvres semblaient toujours en accordance. Il y a de ces personnes qui, lorsqu'elles éclatent de rire, oublient d'en aviser leurs yeux. Ils demeurent éteints. Vides. Froids. Mathis, lui, lorsqu'il rit, c'est tout son corps qui réagit. Tout comme lorsqu'il est fâché, ou en désaccord avec ce que je dis. Ce n'est pas qu'une seule partie de son corps qui laisse voir une émotion, c'est son être en entier. Il ne ment pas.

— Je déteste quand tu me dévisages de cette manière.

J'ai porté mon attention ailleurs. Je me sentais prise en flagrant délit.

— Qu'est-ce qui te dit que je te regardais ? Tu as les yeux fermés.

Il a pris une grande inspiration et les a ouverts, justement.

— Un regard comme le tien, ça transperce. Ça se sent. Ça dégage une énergie. J'en ai la chair de poule.

Il m'a montré son bras, preuve à l'appui. Je ne savais pas que mon regard avait cet effet sur les gens.

Il m'a observée quelques secondes.

— À quoi tu pensais ?

— À toi. Je te trouvais beau.

Il a levé les sourcils, surpris. Je me sentais rougir. Lui, il en a profité pour me taquiner.

— Juste pour que ce soit clair entre nous deux, tu peux m'abreuver de compliments si ça te chante, ça ne me fera pas plus changer de bord. Tu le sais, ça ?

J'ai éclaté de rire.

— Imbécile ! Je ne veux pas que tu deviennes hétéro. Je disais simplement que je te trouvais beau dans le sens... vrai. Authentique. Tu as un visage qui ne sait pas mentir. J'apprécie, c'est tout. Et je suis contente d'avoir ce genre d'ami dans ma vie. Voilà.

Il m'a enserré le cou de son bras. Je me suis dégagée de son emprise et j'ai ramassé mon sac d'école.

— Bon, on y va?

— Attends...

D'une pression sur le bras, il m'a invitée à me rasseoir. J'ai obéi. Il a plongé son regard dans le mien. Un regard étrangement sérieux, tout d'un coup. Qui me mettait mal à l'aise. À mon tour d'en avoir la chair de poule.

— Qu'est-ce qui se passe?

Il a détourné le regard.

— Moi? Rien. Mais toi? Qu'est-ce qui se passe avec toi?

J'étais surprise. J'espérais qu'il ne pensait pas sérieusement que je tentais de lui faire du charme tout à l'heure en lui disant que je le trouvais beau.

— Qu'est-ce qui se passe avec *moi*?

— À toi de me le dire.

J'ai fini par comprendre ce à quoi il faisait allusion. Le cours que j'avais manqué la semaine dernière avait dû faire son petit bonhomme de chemin dans sa tête.

Lentement, je me suis efforcée de formuler une réponse.

— Je ne sais pas, Mathis. Je ne sais pas ce qui se passe. Je n'arrive pas à mettre des mots sur ce que je ressens. Est-ce que je vais bien ? Non, pas particulièrement. Est-ce que je vais mal ? Non, pas particulièrement non plus. Je me dis que c'est une phase, que ça va me passer.

— Que « quoi » va passer ?

D'un geste de la main, j'ai essayé de lui décrire ce qui m'habitait.

— Ça. Tout ça !

J'ai soupiré. J'aurais tellement voulu que ça soit plus limpide, ce que j'essayais de lui expliquer. Que ce soit cohérent. Que cela ait du sens pour lui.

Mais cela avait de la difficulté à en faire pour moi.

Alors l'expliquer à quelqu'un d'autre...

J'ai haussé les épaules.

— T'en fais pas. Je suis probablement juste fatiguée.

J'ai esquissé un sourire pour le rassurer, puis me suis mise debout en l'entraînant avec moi.

— Allez, viens. On y va. Au fait, avant que j'oublie, je voulais te remercier pour la fleur. Ton geste a eu l'effet escompté : ça m'a remonté le moral l'espace d'une minute ou deux.

Mathis me regardait comme s'il ne comprenait pas de quoi je lui parlais. J'ai donc répété.

— La fleur... insérée dans la porte de mon casier...

— Je ne vois pas de quelle fleur tu me parles.

— Oh, allez ! Ne fais pas semblant. Hier après-midi, en terminant mon cours, je suis retournée à mon casier récupérer ma veste, et il y avait un lys bleu sur la porte.

Tu es le seul, à part moi, à connaître l'emplacement de ma case.

Mathis riait.

— Je t'assure que ça ne vient pas de moi ! Mais je suis content de voir que tu as un admirateur secret. En effet, j'imagine bien que ça t'ait remonté le moral, te faire draguer !

~

En mettant les pieds à l'extérieur de la librairie, un vent frais s'est immédiatement insinué dans mon cou et a fait tournoyer mes cheveux au-dessus de ma tête. J'ai empoigné les mèches rebelles, je les ai roulées en toque sur ma nuque et j'ai remonté le col de mon blouson par-dessus, pour les empêcher de s'envoler de nouveau.

J'ai salué mes collègues de travail et leur ai souhaité une bonne nuit.

Cette histoire de lys bleu laissé sur ma case m'a préoccupée durant une bonne partie de mes heures de travail à la librairie.

J'étais persuadée que Mathis était à l'origine de ce présent.

Évidemment, il s'est empressé de tout raconter à Solange et à Charles dès qu'on les a rejoints au Petit Victor, le nouveau café, à deux pas du cégep, qu'ils ont déniché pour nos rassemblements. On s'y était réunis pour un souper sur le pouce, avant qu'on ne se sépare pour nos soirées de boulot respectives. Solange et Charles ont juré qu'eux-mêmes ne savaient pas dans quelle aile du cégep était située ma case.

Solange a fini par sortir l'hypothèse que c'était probablement un gars qui voulait surprendre sa copine, mais qui s'était trompé de casier.

Et au bout du compte – et au bout de ma soirée à ranger des livres sur des tablettes –, j'en étais venue à la même conclusion qu'elle : cette attention délicate ne m'était vraisemblablement pas destinée.

En arrivant à l'arrêt d'autobus, j'étais surprise de voir une dame d'un certain âge attendre dans l'abribus. En temps normal, j'étais seule à faire le pied de grue à cette heure-ci. D'abord hésitante, je l'ai finalement rejointe à l'intérieur des murs de plexiglas. Elle m'a souri.

Polie, je lui ai souri à mon tour.

— Sale temps, non?

J'ai réprimé un second sourire. Ce qu'il y a lorsque deux étrangers sont trop affables l'un envers l'autre, c'est qu'ils se croient obligés de se faire la conversation par la suite.

J'ai néanmoins répondu à mon interlocutrice.

— Non. Je ne trouve pas. Il fallait bien que l'été se termine un jour ou l'autre, non?

J'ai dégagé mes bras des bretelles de mon sac à dos et l'ai déposé au sol avant de m'accroupir.

— C'est parce que vous êtes encore jeune que vous dites ça. À votre âge, on est physiquement constitué pour affronter des tempêtes. En vieillissant, le moindre coup de vent nous rend les déplacements difficiles. Quand vous aurez connu autant d'automnes que moi, vous souhaiterez que l'été ne se termine jamais.

— Je n'en suis pas si sûre...

Elle a ri.

— Oh, si! Je vous le dis.

J'ai glissé la main dans l'ouverture de mon sac, à la recherche de mon lecteur MP3. La dame a poursuivi sur sa lancée.

— Vous revenez d'une petite soirée?

Je lui ai expliqué qu'au contraire, je venais de terminer de travailler et que je rentrais chez moi.

— Vous travaillez dans le coin?

Je l'ai détaillée quelques secondes. Elle était plutôt petite. Fin soixantaine. Peut-être plus. Les cheveux d'un blanc pur, coupés court. Elle paraissait inoffensive à première vue, mais qui pouvait savoir si elle ne travaillait pas pour un dangereux mafioso?

— Oui. À l'Incipit.

Si mon père m'avait vue aller, il m'aurait répété encore une fois que je faisais trop rapidement confiance à n'importe qui.

— Ah! La petite librairie au coin de la rue, c'est ça?

J'ai acquiescé d'un signe de tête.

— Quelle chance de gagner sa vie parmi les livres. J'ai toujours rêvé de le faire. Ça doit être particulier de côtoyer tous les jours les grands auteurs comme Dumas, Tchekhov et Proust...

Je me suis relevée, les mains vides. J'avais dû oublier mon lecteur sur la table de ma cuisine. Ou dans ma case, au travail. En fait, me connaissant, j'aurais pu l'avoir oublié à peu près n'importe où.

— Vous savez, on ne les côtoie pas vraiment. Ils sont morts depuis des lustres. Et puis, Proust... Je ne suis pas certaine que j'aurais aimé le fréquenter en chair et en os, celui-là. Si les phrases qu'il prononçait étaient aussi longues que celles qu'il écrivait...

— Vous dites n'importe quoi. C'est un grand parmi les grands, Proust. Un authentique! Il a été un des premiers auteurs dans ma bibliothèque.

J'ai senti les muscles de mon cou se tendre. Comme chaque fois où l'on me parlait d'un auteur classique et célèbre auquel je ne m'étais pas encore attaquée, j'éprouvais tout le poids de mon ignorance littéraire. Quelles lectures débiles et insipides aurais-je pu mettre de côté pour mieux me rassasier de la grande littérature?

— Et vous, quel a été le premier auteur dans votre bibliothèque?

J'ai réfléchi quelques secondes, puis j'ai haussé les épaules.

— Honnêtement, je ne m'en souviens pas.

— Quel dommage! Une passionnée de littérature comme vous qui ne se souvient pas du premier roman qu'elle a acquis. Parce que j'imagine que c'est ce que vous êtes, une passionnée. Non?

J'étais fatiguée et j'avais hâte de rentrer chez moi. Et elle, elle commençait à me pomper l'air un peu. Je n'étais pas très portée sur les «petites conversations de trottoir» avec de parfaits étrangers.

J'ai pris une grande inspiration, et j'ai cité le premier auteur qui me passait par la tête.

— Ce devait être R. L. Stine.

Après tout, ma grande sœur a toute la collection des *Frissons* dans sa bibliothèque. Il est fort probable que le premier livre que je lui ai emprunté ait été *Baignade interdite*, *Cauchemars en série* ou une nullité du genre.

À bien y penser, j'aurais pu passer outre ce genre de navet littéraire étant jeune adolescente, et me gaver davantage d'auteurs classiques. Ça aurait fait de moi une petite surdouée de la littérature et j'aurais moins eu l'impression, aujourd'hui, de ne pas être à la hauteur de mes brillantes études.

— C'est un auteur classique?

J'ai souri derrière le col de mon manteau.

— Oh... Il a dû finir par le devenir.

Je voyais des phares qui m'avaient tout l'air d'être ceux d'un autobus s'en venir vers nous. La dame s'est levée de son banc en marmonnant qu'il n'était pas trop tôt. Je l'ai laissée monter à bord la première, lui ai souhaité une bonne nuit et me suis dirigée vers le fond du mastodonte.

En m'asseyant, je me suis aperçue que mon lecteur MP3 était au fond de la poche de mon blouson.

Les cahiers narcissiques

J'ai beau m'ausculter l'intérieur de A à Z, je ne vois rien. Rien qui puisse expliquer le vide immense qui m'habite.

Je ne suis pas en train de surmonter une épreuve difficile. Je n'ai pas subi d'échec cuisant dernièrement. Je n'ai pas déménagé. Personne de mon entourage n'est décédé dans les derniers mois. Je n'ai pas vécu d'expérience traumatisante. Je n'ai pas rencontré de petits êtres rayés bleu et vert parlant un drôle de dialecte.

Tout suit son cours. Tout dans mon existence s'enchaîne et s'emboîte comme il se doit. Comme tout le monde souhaite qu'il soit.

Mes études.

Mon travail.

Mes amis.

Ma famille.

Toutes ces sphères de ma vie s'encastrent parfaitement les unes dans les autres. Comme un grand mouvement de ballet. C'est beau. C'est apaisant. C'est même émouvant.

Mais j'ai tout de même l'impression de perdre mes repères. Même s'ils ne bougent pas. Solange, Mathis et Charles sont toujours là. Les murs du cégep continuent à m'entourer. L'Incipit n'a pas déménagé. Mes sœurs s'acharnent à m'appeler. Mes parents ne m'ont pas reniée.

Tous les éléments sécurisants de ma vie perdurent à mes côtés.

Mais moi, je persiste à vouloir m'égarer.

Chapitre 3

— Je ne vois pas en quoi le sexe est si important. Pourquoi on parle autant de quelque chose d'aussi intime?

J'avais suggéré à Mathis d'aller flâner sur Saint-Denis au lieu d'assister à notre dernier cours de l'après-midi. Je n'avais aucune envie de me concentrer. Aucune envie d'être confinée entre les quatre murs d'un édifice.

J'avais besoin d'espace.

Besoin de m'évader.

Mathis était d'accord. Il m'a suivie sans rechigner. Fidèle jusque dans le vice.

On n'avait rien dit à Solange et Charles. Eux, ils se tapaient les théories des romans du terroir alors que nous, on discutait de la pluie et du beau temps, affalés sur nos chaises, devant une table du Petit Victor.

Toutefois, en constatant la tournure que prenait notre discussion, je commençais à me demander s'il n'aurait pas été mieux de supporter Maria Chapdelaine et ses déboires.

— Euh... Laisse-moi deviner... On parle peut-être de sexe parce que ça rejoint une bonne partie de la population ?

J'ai regardé Mathis sans ciller.

— Bon. À part toi, apparemment...

J'ai rougi. Mon trouble l'amusait.

— Je ne vois pas pourquoi ça te met aussi mal à l'aise !

— Parce que ! C'est intime. C'est personnel. Si on voulait que ça se sache, on ferait ça en gang, en plein milieu de la rue. Mais là, il est question d'un rapprochement entre deux personnes. D'un lâcher-prise. Faire...

La serveuse s'est présentée à notre table pour prendre notre commande, interrompant mon monologue. Mathis se bidonnait. J'ai regardé rapidement le menu affiché au tableau. Le café au caramel me tentait terriblement. Mais je me suis souvenue que le chèque pour mon loyer serait aussi encaissé cette semaine. Et que j'avais invité Mathis à me suivre. Je me suis donc contentée de commander deux cafés réguliers. Un pour lui et un pour moi. J'allais devoir gratter les sous noirs dans le fond de mon portefeuille et j'avais cette idée en horreur. Mais bon, il fallait ce qu'il fallait pour y arriver.

Une fois revenus en tête à tête, j'ai dit à Mathis d'un ton plus modéré :

— Faire l'amour, c'est consentir à un laisser-aller. À un plaisir mutuel. Il me semble qu'il faut avoir confiance en l'autre pour... s'abandonner comme ça.

Mathis a pouffé de rire.

— «S'abandonner». On se croirait en plein Danielle Steel.

Des fois, je me demande sur quelle base repose la relation entre lui et moi. La plupart du temps, Mathis réussit à me faire sortir de mes gonds. Il parvient comme personne d'autre à remettre mes convictions et mes idéaux en doute. Pas reposant du tout d'être amie avec lui. Il faut être munie d'une carapace en cuir quand on prend part à une discussion en sa compagnie.

D'un autre côté...

Il arrive à me *challenger* et à me faire voir l'autre côté de la médaille. Celle que je suis moins encline à vouloir regarder.

J'ai pris une gorgée de mon café.

— Tu lis Danielle Steel, toi ?

Il m'a gratifiée d'un regard torve.

— Contrairement à toi, je ne rougis pas pour un oui ou pour un non. Alors, n'essaie pas de me mettre mal à l'aise en hurlant que je lis ce genre d'idiotie.

J'ai souri derrière ma tasse.

— Et puis, en bon étudiant en littérature que je suis, je me dois de lire un peu de tout.

— Donc, ce n'est pas par intérêt personnel que tu lis des romans intimistes, mais bien par... sacrifice intellectuel?

— On ne parlait pas de sexe, il y a deux minutes?

J'ai soupiré.

— Il faut toujours qu'on revienne à *ça* avec toi. T'as remarqué?

— À *ça*?... Ah! Au sexe, tu veux dire.

Je me suis tortillée un peu. J'ai regardé ailleurs.

— Sérieusement, Laure. Apprends à le dire. SEEEEEEEEEEXE! Très émancipateur. Tu vas voir.

— Tu es désespérant.

— Je sais. Mais tu m'aimes comme ça.

Il m'a fixée droit dans les yeux. Très sûr de lui.

— Sérieusement. Qu'est-ce qui te met mal à l'aise, là-dedans? Chaque fois qu'on aboutit à ce sujet dans nos conversations, tu nous fais un set carré sur ta chaise.

Ma première réaction a été de démentir cet énoncé à mon égard.

Mais j'étais déjà en train de croiser et de décroiser mes jambes sous la table. Chorégraphie qui n'a pas échappé à l'acuité de Mathis, bien entendu. Alors, j'ai laissé tomber mon plaidoyer pour me défendre et l'ai plutôt attaqué :

— M'écoutes-tu quand je parle ? Intimité. Proximité. Confiance.

— Toi et ta foutue intimité. C'est quoi cette obsession-là ?

— Toi, tu es bien exhibitionniste et on ne dit rien. On t'accepte tel que tu es.

Alors que je sentais que notre conversation prenait des allures de cul-de-sac, Mathis est revenu sur sa position. Il s'est excusé et m'a demandé de poursuivre.

J'ai jeté un œil à la clientèle du café. Où voulais-je en venir ? Même moi, je ne le savais pas.

C'est Mathis qui est finalement revenu à la charge.

— Tu parles de la sexualité comme si c'était une calamité.

— Ça l'est !

Devant le regard las qu'on me faisait de l'autre côté de la table, j'ai tempéré mes propos en ajoutant tout bas :

— À certains égards.

Il s'est penché au-dessus de son café, a appuyé son menton dans sa main droite. Il me scrutait en plissant les yeux.

— Pourquoi c'est si lourd, ce sujet-là, pour toi ?

J'ai hésité.

Le temps de me demander si le moment se prêtait à ce genre de confidences.

— Peut-être parce que ça rejoint mes pires complexes ?

— Physiques ?

— Il y a de ça. Avec toute cette pression sociale, avec toutes ces pubs à la télé, ces *pitounes* à qui il faut ressembler, cette assurance qu'il faut déployer, ce *sex-appeal* qu'il faut dégager, je ne me sens pas du tout à la hauteur. J'ai pas été mise au monde pour faire des ravages, moi.

— Mais personne ne te demande d'en faire.

Je l'ai regardé, l'air complètement désabusée.

— Mathis... As-tu déjà porté attention aux paroles que peuvent échanger deux garçons de notre âge à propos des filles ? Il n'est question que de boules, de fesses et de bestialité. J'ai pas du tout envie d'être comparée à une actrice de films pornos.

Mathis a éclaté de rire.

— Oui, mais Laure ! Il y a une différence entre ce qu'ils disent et ce qu'ils font. Ce ne sont que des fantasmes. J'en ai. Tu en as. Ça ne veut pas dire que ça corresponde nécessairement à leurs attentes.

J'ai grimacé. Mathis a poursuivi sur sa lancée.

— Et puis, toi ? As-tu déjà écouté ce que disent les filles à propos des gars ? Ça aussi, ça fait peur.

J'ai soumis une hypothèse :

— Bon. Alors peut-être que les gars et les filles ne sont pas faits pour s'entendre.

— Ça, ma belle, je l'ai compris depuis un petit bout.

Il m'a fait un clin d'œil.

J'ai repris.

— À entendre les gens parler, il faudrait tous être en couple. On loupe notre vie carrément si on ne parvient pas à trouver l'âme sœur. On est pointé du doigt lorsqu'on est célibataire depuis plus de six mois. Et on devient le sujet de conversation de l'heure, qu'il faut décortiquer, analyser sous toutes ses coutures. À entendre les gens parler, on est anormal si on n'a pas de sexe toutes les quatre heures.

Mathis s'est redressé sur sa chaise.

— L'as-tu déjà fait?

— Quoi?

Il a levé les yeux au plafond.

— Un rituel de sang par un soir de pleine lune.

Je suis demeurée indécise quelques secondes.

— Ben non, bêtasse. Avoir une relation sexuelle avec un autre être humain. L'as-tu déjà fait?

J'ai repris mon étrange chorégraphie sur ma chaise.

— Une fois.

— Quand?

— Il y a longtemps.

— Et tu n'as pas récidivé depuis?

Je l'ai singé, en répétant sa dernière phrase sur le même ton condescendant.

— *Et tu n'as pas récidivé depuis?* Non mais! Écoute-toi parler! Même toi, tu me trouves anormale. À ton avis, il n'aurait suffi que d'une seule fois pour que je prenne mon pied et que j'en redemande. Mais ça été moche, figure-toi. Plus que moche, ç'a été pathétique!

— C'était avec qui?

— Pas envie d'en parler.

— Parce que je le connais?

— Pas envie d'en parler, je t'ai dit.

— C'était au bal de finissants ? Avec un des types de l'équipe de soccer ? Il me semblait qu'il y en avait un qui te tournait autour, aussi...

— Tu vois ? Quand je te disais qu'on devenait un sujet de dissertation ?

— Oh, allez ! Tu peux bien me le dire ? À moi ?

Devant mon mutisme entêté, Mathis a abdiqué. J'en ai profité pour me lever et m'enfuir à la salle de bain, question d'avoir une trêve et de me préparer psychologiquement pour le deuxième round.

À mon retour, une tasse de café fumante attendait devant mon siège. En m'asseyant, j'ai immédiatement reconnu l'odeur du caramel.

— Oh, Mathis ! Il ne fallait pas...

Il m'a arrêté tout de suite, d'un signe de la main.

— Ça ne vient pas de moi.

J'ai ri.

— Alors, c'est de qui ?

Il a haussé les épaules.

— La serveuse est simplement venue le porter en disant : « On m'a dit de venir porter ceci à la demoiselle. C'est déjà réglé. »

J'ai froncé les sourcils. La serveuse repassait justement devant nous et me souriait de toutes ses dents blanches. Je me suis assise et je me suis penchée vers Mathis.

— « On » ? C'est qui, « on » ?

Il s'est penché à son tour vers moi.

— Je ne sais pas, moi. Ton fameux admirateur secret, peut-être ?

Mes yeux ont fait le tour du café. À part un homme qui aurait pu avoir l'âge de mon père, une bande de filles qui jacassaient à tue-tête, les deux employés du café qui discutaient tranquillement, accotés au comptoir, et un policier qui sortait de l'établissement en tenant deux cafés en équilibre dans une main, il n'y avait personne qui aurait pu se préoccuper de moi.

Personne d'autre que Mathis, en tout cas.

Je me suis appuyée contre le dossier de ma chaise en croisant les bras et en regardant Mathis dans les yeux.

— Bon, ça suffit. Je ne suis pas d'humeur à supporter tes niaiseries. Ou tu me dis que c'est toi, ou je me lève et je sors d'ici en te laissant l'addition. Tu choisis.

Mathis riait. Il s'est levé et a retourné les poches de son pantalon à l'envers.

— Laure, je n'ai pas un sou sur moi. Je n'en avais pas en rentrant ici et je n'en ai pas plus maintenant. Tu le sais bien que mon portefeuille est toujours vide. Tu te plains tout le temps que je t'emprunte de l'argent.

Je le dévisageais sans rien dire, tandis qu'il se rasseyait. Son raisonnement était bidon. Je n'y croyais pas vraiment.

Et ça me fâchait qu'il refuse d'avouer.

Il ne pouvait y avoir personne à part lui.

Personne.

J'ai boudé Mathis pendant quelque temps, ne comprenant pas où il voulait en venir en refusant de m'avouer qu'il était l'auteur de ces petites attentions. J'appréciais le geste. Je reconnaissais que ça me mettait de bonne humeur. Alors, pourquoi s'obstinait-il à me dire que ça ne venait pas de lui ? Qu'il en prenne l'honneur ! Je n'allais quand même pas m'imaginer un amour impossible entre lui et moi. Je n'étais pas idiote à ce point-là.

On est sortis du café, un peu après dix-neuf heures. Il était temps de se séparer – j'avais une montagne d'étude à rattraper –, mais ni Mathis ni moi n'avions envie de retourner à nos moutons, malgré le malentendu qui planait entre nous.

On a donc continué à marcher un petit bout en silence, vers nulle part en particulier et en prenant surtout notre temps.

— Ça te dirait d'aller voir un film ?

— Non, je ne peux pas, Mathis. J'ai déjà pris du retard dans mes travaux.

Je détestais être la rabat-joie, mais je devais sérieusement m'y mettre avant que mon retard soit impossible à rattraper.

— Je t'invite. Tu n'auras pas un sou à débourser.

J'ai ri.

— Avec quel argent? Tu as tout mis sur mon café au caramel...

Il s'est contenté de grogner, sans rien ajouter. Puis, au bout d'un moment, il est revenu à la charge.

— Sérieusement, Laure. J'ai quelque chose à t'annoncer.

J'ai arrêté de marcher. Il avait piqué ma curiosité.

— Qu'est-ce qui se passe?

— J'aurais préféré t'annoncer ça ailleurs qu'au beau milieu de la rue Sainte-Catherine, en heure de pointe, mais comme tu insistes...

J'ai attendu la suite.

— Tu te souviens, le projet d'échange dont je t'avais parlé? La tonne de formulaires

à remplir ? Les lettres de recommandation ?
Les entrevues ?

Cela ne me disait strictement rien.
Mais devant l'ampleur du projet, je me suis
dit qu'il était plus prudent de répondre :

— Oui. Ça me dit vaguement quelque
chose...

— Bon. Ils avaient refusé ma candida-
ture au bout du compte, tu te rappelles ?

Qu'il ne se demande pas pourquoi
j'avais relégué ce projet aux oubliettes ; ils
avaient rejeté sa demande. Ça ne servait à
rien de conserver des informations inutiles sur un disque dur. Surtout lorsqu'il
s'agissait du mien.

— Ils m'ont mis sur une liste d'attente,
en me faisant bien comprendre qu'il serait
improbable qu'une place se libère...

Je l'ai fixé. La bouche grande ouverte.

— Enfin, bref... L'improbable est arrivé :
je vais passer la prochaine session à Paris !

— Oh.

J'ai reculé, sous le choc. Il aurait pu me passer dessus avec un bulldozer. Avance. Recule. Ça aurait eu le même effet.

— Tu... Tu veux peaufiner ta réplique ou on conserve celle-là ?

Les cahiers narcissiques

J'étais déçue. Terriblement. J'étais incapable de manifester la moindre joie pour Mathis. Moins deux sur l'échelle de l'amitié. On repassera pour l'empathie.

Tout ce que mon cerveau était capable d'enregistrer, c'est qu'il allait me laisser seule. Et que ce n'était tellement pas le bon moment. Il ne pouvait pas choisir pire que celui-là.

Dans ma tête pleine de cailloux, je me répétais qu'on ne pouvait pas tendre une main salvatrice à une personne, lui offrir de délicates attentions, comme des fleurs et sa sorte de café préférée, et puis se pousser à des milliers de kilomètres d'elle par la suite. Il fallait attendre sa rémission. Il fallait attendre le papier du médecin qui spécifiait qu'elle était apte pour son grand retour à la vie.

Je l'imaginais à l'autre bout de mon univers et c'est comme si mon monde s'écroulait. J'avais envie de lui hurler : « Et moi ? »

ET MOI !?

Qui allait prendre soin de moi ? Qui allait s'asseoir par un après-midi d'octobre à mes côtés et prendre la peine de braver mon obnubilation ? De me provoquer ? De me pousser à m'ouvrir les yeux sur ce que je ne voulais pas voir ? Pour une fois qu'on me brassait. Et que je me laissais faire.

Je n'en ai jamais autant voulu à quelqu'un de toute ma vie.

J'avais juste envie de lui dire : « Va. Allez, va, Mathis. Va secouer ton existence ailleurs. Va voir à Paris si tu y es. Et laisse-moi en paix avec mes interminables hésitations. »

Chapitre 4

Brunch chez les Tousignant.

C'est un événement auquel j'essaie de me soustraire constamment.

Parce que je ne réussis pas à me reconnaître parmi les membres de cette famille. Et qu'une famille, c'est censée être le centre de notre idiosyncrasie.

Un brunch chez les Tousignant, c'est comme partager un repas avec des étrangers. Des étrangers que j'ai côtoyés toute mon enfance et toute mon adolescence, mais qui n'ont pourtant rien à voir avec qui je suis maintenant.

Il n'est question que de vie de couple, de futurs bébés, d'hypothèques, de crédit, de voitures... J'ai tantôt l'impression d'être dans une pharmacie, tantôt à la banque. Rien qui ne rime avec ce que je vis. Rien qui ne m'interpelle directement.

On devrait normalement trouver du réconfort dans sa famille. Pourtant, c'est rarement un sentiment qui m'habite lorsque j'assiste à ce genre d'événement. Et avec la nouvelle que je venais d'encaisser, j'aurais bien pris un ou deux kilogrammes d'apaisement.

Assise au bout de la table, j'observais celles qui étaient issues du même ventre que moi. Difficile de croire que nous partageons les mêmes chromosomes. Ils avaient dû en mélanger quelques-uns lorsque mon tour était venu.

Ma mère jubilait en décachetant l'enveloppe lui annonçant qu'elle allait gratuitement recevoir un soin du visage.

À sa place, j'aurais pleuré.

Mes parents m'ont dénichée sur une autre planète. C'est moi le petit être rayé bleu et vert, en visite sur la Terre.

— C'est Laure qui t'accompagnera.

Tous les yeux se sont tournés vers moi. J'ai contracté les muscles de mon visage pour esquisser un sourire. Ma mère paraissait surprise. Visiblement, elle aurait préféré y aller avec l'une de mes aînées.

— Ah bon? Tu te chouchoutes, maintenant?

Elle me regardait avec une lueur moqueuse dans les yeux, et m'a adressé la parole sur un ton qui appelait à la confidence. Même si je m'étais bien gardée de lui en faire depuis le secondaire.

Elle s'est penchée vers moi. Curieuse.

— Est-ce qu'il y a un garçon derrière ce revirement de situation?

Ma réponse a fusé, franche et concise:

— Il n'y a aucun garçon, maman. Seulement deux sœurs intransigeantes.

Viviane a porté son verre de vin à ses lèvres, tandis que Mathilde m'envoyait un coup de pied sous la table.

Mon père a tenté de faire diversion.

— Qu'est-ce qui est arrivé au jeune homme avec qui tu faisais tes travaux d'équipe l'année dernière?

— Charles?

C'était le seul garçon, avec Mathis, que j'avais déjà ramené à la maison. Mathis ayant une préférence nettement marquée pour le mâle en général, j'osais espérer que mon père faisait allusion à celui qui avait au moins les traits d'un hétéro.

— Il ne lui est rien arrivé. Il va bien.

— Vous continuez à vous voir?

Tiens. Viviane qui se mettait de la partie.

— Ben... oui. On suit quelques cours ensemble, cette session-ci.

De l'autre extrémité de la table, la voix roucoulante de ma mère m'incitait à l'inviter à l'une de nos rencontres familiales prochainement.

— Pourquoi?

— Je ne sais pas. Pour nous le présenter, peut-être.

— Mais vous l'avez déjà rencontré.

— Oui. Mais depuis le temps...

— C'est toujours le même garçon. Je vous assure. Il n'a pas changé. Ah, non. C'est vrai. Il a changé ses vieilles montures de lunettes pour des plus modernes. À part ça...

Mon père a lancé un coup d'œil à ma mère.

— Tu peux me dire où on l'a prise, celle-là?

Sa femme a fait une moue résignée.

— Oh! Quand elle fait celle qui ne veut rien comprendre, je te la laisse. En matière d'impénétrabilité, vous vous complétez bien, tous les deux.

— Et puis, ça? Qu'est-ce que tu en penses?

Solange était sortie de la cabine et se contorsionnait pour se mirer sous tous les angles.

Après le brunch interminable chez mes parents, Solange m'avait fait la surprise de m'attendre à mon appartement. Elle avait insisté pour que je l'accompagne dans sa tournée des magasins.

Je n'avais pas un sou et magasiner était une activité qui équivalait au golf dans ma tête : ennuyeuse et dispendieuse.

Je l'avais pourtant suivie sans trop rechigner parce que de un, sa poigne de fer menaçait de déchirer mon veston et de deux, si je restais à la maison, je risquais de subir les coups de fil répétitifs de Mathis. Il m'avait laissé pas loin de huit messages dans ma boîte vocale depuis hier soir et je ne l'avais pas encore rappelé. Je savais qu'entre les quatre murs de mon deux et demi, j'allais sans cesse penser au départ imminent de mon meilleur ami et que j'allais devoir débrancher mon téléphone. Cet emploi du temps m'accablait encore plus que de faire du lèche-vitrine avec Solange.

Affalée sur une chaise capitonnée, à l'abri des miroirs, j'ai jeté un œil à sa tenue en répondant nonchalamment à sa question.

— La couleur est trop criarde, la coupe est nulle et le tissu, poreux. À part ça, c'est génial.

Elle se fixait maintenant de face, les mains sur les hanches.

— Oui. T'as raison. C'est génial. Je le prends.

D'un seul élan, elle franchissait de nouveau le seuil de sa cabine.

Je ne comprenais pas pourquoi Solange s'obstinait à vouloir me traîner avec elle lorsqu'elle faisait les boutiques. On n'arborait nullement le même style vestimentaire. (Elle me rebattait même les oreilles en me disant qu'elle, au moins, en avait un.) Du plus loin que je me souvienne, j'ai toujours détesté les mots « tendance », « mode » et tout ce qui s'y rattache.

Je n'ai jamais compris l'engouement des gens pour la parure et l'ornement de leur propre corps : les mèches dans les cheveux, le vernis à ongles, les bijoux, les sacs à main. Tout ça me laisse complètement de glace.

Par contre, ce qui m'intéresse, c'est ce qu'il y a en dessous. Ce qui reste de leur personnalité après avoir parcouru les mille et un recoins de leur anatomie. Qu'est-ce qu'il y a derrière tout ça? Une fois lassé de se laisser berner par l'aspect, l'extérieur, le revêtement d'une personne, qui est assez vaillant pour s'aventurer au centre de l'armure?

La voix de Solange m'est parvenue par-dessus la porte.

— Tu devrais en profiter pour renipper ta garde-robe un peu. J'ai vu des soldes tout à l'heure qui en valaient la peine. Tu pourrais en tirer profit et avoir l'air moins...

Je flairais l'insulte, mais je l'ai tout de même encouragée à poursuivre.

— Moins... ?

Elle est sortie de la cabine et ses épaules se sont affaissées. Comme si elle se trouvait devant un cas désespéré. Son regard frôlait le dédain. Je détestais quand elle me regardait sur ce ton.

— Je sais pas. Maniaco-dépressive?

Wow!

Je devais admettre que dans la catégorie «comment mettre K.-O. quelqu'un qui est déjà lourdement étendu de tout son long au sol et à moitié assomé», Solange ne donnait pas sa place.

Je me suis levée de mon siège et j'ai empoigné mon sac.

— Eh bien, ma chère, merci beaucoup pour cette belle séance de magasinage et tes judicieux conseils. Vraiment. Ça m'a remise sur le piton. Mission accomplie. Maintenant, si tu le permets, moi et ma dépression allons nous refaire une beauté entre les quatre murs de mon appartement.

Je lui ai fait un signe de la main et je l'ai laissée en plan au beau milieu de tous ces miroirs.

Chapitre 5

— Descartes, grâce à ses idées avant-gardistes, peut être considéré comme le père de notre pensée moderne. Il était à la fois un philosophe et un mathématicien, et ses concepts étaient davantage axés sur le rationalisme, qui commençait tout juste à voir le jour à cette époque. Et, vous le savez, tout ce qui est nouveau dérange. Les idées qu'il émettait ont donc reçu leur part de critiques et d'attaques venant des divers théoriciens qu'il côtoyait. Alors, il a dû se repositionner, forcément.

Un étudiant a levé la main à mes côtés.

— Pourquoi vous dites «se repositionner»?

— Descartes est né au mauvais siècle. En s'interrogeant sur la place de la science dans les grands débats philosophiques de l'époque, il allait à l'encontre de l'Église et des instances dirigeantes.

Le même étudiant a tenté un «Et...?» hésitant, ne voyant visiblement pas où était le problème.

— Et? ET?! Eh bien, n'attaque pas l'Église qui le veut, jeune homme! Surtout pas à ce moment-là et surtout pas si vous n'êtes qu'un simple philosophe, qui s'évertue à démolir les piliers sur lesquels repose la religion catholique. Imaginez tout l'impact de ses propos!

Monsieur Chamberland, l'enseignant, tâchait de reprendre son souffle.

— J'aurais dû écouter ma femme et prendre ma retraite cette année. Vous allez me faire faire une crise cardiaque.

Quelques rires ont fusé dans la salle.

— Bon, on s'arrête ici. On se revoit la semaine prochaine.

Tandis que je me levais et empoignais mes trucs, une fille de mon groupe s'est arrêtée à ma hauteur en me tendant un bout de papier. Mon regard passait de ses yeux à ce qu'elle tenait entre les doigts, ne comprenant pas ce qu'elle attendait de moi.

Elle a fini par brandir sa main sous mon nez en me disant :

— C'est pour toi.

J'ai tendu une main, hésitante. Si c'était une invitation à participer à un quelconque *party* de mi-session, je n'étais pas intéressée. Mais la fille semblait être plutôt du genre «j'étudie le samedi soir à la bibliothèque», alors j'ai pris ce qu'elle me tendait : un simple bout de papier, plié en quatre. Il n'était couvert d'aucune inscription.

J'ai relevé les yeux vers ma camarade de classe. Elle se tenait coite et tout sourire devant moi, comme si elle était complice d'une manigance. Puis, voyant que je ne manifestais aucune intention de prendre connaissance du contenu du document dans un avenir rapproché, elle s'est contentée d'un «Bon, ben... Salut.» avant de tourner les talons et de disparaître par la porte du local avec les derniers étudiants de la classe.

J'ai déplié le feuillet.

Dans un miroir
Trop grand pour moi
J'ai vu mes yeux
Baigner dans du liquide
Je n'ai pas cru d'abord
En mon chagrin
D'autant que je ne pleure
Plus jamais
Mais en fouillant
Juste un peu plus
J'ai trouvé des motifs
Bien assortis
Et des raisons plus qu'intéressantes
Pour comprendre ce qui m'arrive
C'est qu'il ne m'arrive plus rien
Tous les jours de mon âge m'ont endormi
Jamais plus rien
Plus de voyages, presque plus d'amis
C'est très restreint
En termes de loisirs et de plaisirs

DB

— Laure ! Qu'est-ce que tu fabriques ?

Mathis m'attendait dans l'embrasure de la porte du local. La classe s'était complètement vidée et il ne restait plus que moi, au beau milieu des pupitres.

— Je...

J'ai replié le feuillet et l'ai glissé dans la poche arrière de mon jean.

— Je m'en viens.

~

J'étais troublée.

Ce dernier cadeau confirmait que Mathis n'était pas celui qui me couvrait de surprises depuis quelques jours.

Le donateur mystérieux était dans mon groupe de philo.

J'essayais de repasser les visages des étudiants en revue dans mes pensées, mais je ne m'intéressais pas assez à mes camarades de classe pour avoir une idée précise des auditeurs de monsieur Chamberland.

D'autant plus que je m'assieds tout le temps à la même place. Si j'ai de la difficulté à me rappeler les visages de ceux et celles qui s'asseyent habituellement autour de moi, il me reste une panoplie de visages que je n'ai jamais regardés.

Et cette panoplie de visages anonymes constituait les trois quarts du groupe.

J'étais d'autant plus troublée de constater que non seulement cet *inconnu* m'avait comme point de mire durant nos heures de philo, mais aussi qu'il connaissait mes allées et venues à l'intérieur et à l'extérieur du cégep.

Et je commençais à me demander si je ne devais pas m'en inquiéter...

— Laure, tu m'écoutes?

Mathis et moi nous étions lancés dans la cohue de l'heure du lunch sur Saint-Denis afin d'aller retrouver Solange et Charles au café. Des étudiants, des enseignants et de simples passants se bousculaient devant les vitrines des restaurants.

D'un mouvement de la tête, j'ai chassé l'idée que je pouvais être traquée et j'ai essayé de me concentrer sur les paroles et la présence de Mathis à mes côtés.

— Non, désolée. Je ne t'écoutais pas.

Regard à gauche. À droite. On a traversé la rue. Moi, en faisant de grandes enjambées pour suivre le rythme imposé par Mathis et ses cinq pieds neuf.

— Je ne sais pas. On ne s'est pas parlé depuis que je t'ai annoncé que j'allais en Europe. J'appelle chez toi, mais tu ne réponds pas...

— J'ai pas été souvent chez moi, les derniers jours.

— Et j'appelle à la librairie, mais on me laisse poireauter un long moment sur la ligne et personne ne la prend.

— Hmm. C'était pas mal occupé. Beaucoup de clients.

On était arrivés devant le Petit Victor. J'ai mis la main sur la poignée avec la ferme intention d'ouvrir la porte et d'échapper à l'interrogatoire de Mathis.

Plus rapide, il s'est faufilé devant moi, m'empêchant d'entrer.

— Ça ne fait pas ton affaire que je m'en aille ?

— Mathis, je m'en fous. Fais ce que tu veux.

— C'est une sacrée chance, tu le sais ça ?

— Comme tu dis.

J'ai tiré de nouveau sur la poignée, mais Mathis pesait de tout son poids sur la porte, la maintenant close.

— Es-tu jalouse ?

— Oh, à d'autres, je t'en prie !

Mathis a jeté un coup d'œil par-dessus son épaule. À travers la vitre, on voyait nos compagnons nous interroger du regard.

J'ai fait mine de vouloir encore ouvrir la porte, mais Mathis ne bougeait toujours pas.

— Mathis...

— Je vais le dire, même si je sais déjà ce que tu penses de tout ça. Tu n'as pas besoin de rien dire, juste de m'écouter. OK ?

J'ai acquiescé nonchalamment. Autant en finir au plus vite.

— C'est juste que je me dis... Peut-être que si tu n'as pas envie de m'en parler ou que si tu es gênée de le faire, ça pourrait te faire du bien de parler à quelqu'un de neutre. Un psy ou...

Je l'ai foudroyé du regard.

Mathis s'est contenté de lever les mains à la hauteur des épaules, en signe de renonciation, tout en se poussant de la porte du café.

— Voilà, c'est dit. Tu en fais ce que tu veux, maintenant.

Chapitre 6

En me reconnaissant, la dame de l'abribus s'est exclamée :

— Eh bien ! Si ce n'est pas la jeune libraire qui compare Proust à un vilain auteur de romans d'horreur pour adolescents.

J'ai rougi. Mais la dame semblait plus amusée qu'outrée par mon audace de la dernière fois.

— Comment avez-vous su ce qu'il écrivait ?

Elle m'a toisée derrière ses petites lunettes.

— Internet, ce n'est pas juste pour les enfants, vous savez.

— Vous surfez? Vous?

Elle a soupiré.

— Encore de ces jeunes qui croient que dépassés le cap des soixante ans, les gens ne jouent qu'au bridge ou aux quilles. Pourtant, il n'y a pas d'âge pour se familiariser avec la technologie.

— Vous avez parfaitement raison.

— Le plaisir de la vie, c'est de continuer à apprendre, peu importe l'âge.

Je lui ai souri.

— Parlant d'apprendre, je vois que tu vas au cégep?

J'ai baissé les yeux sur mon sac à dos. Le logo de mon établissement scolaire qui y était apposée me trahissait pernicieusement.

— Quel domaine?

— Arts et lettres.

— Ouh! Une vraie mordue.

— On peut voir les choses comme ça.

— Quelle année?

— Deuxième.

J'ai pris un moment pour l'étudier à mon tour.

— Et vous? Détective à la retraite?

Elle s'est mise à rire. Doucement.

— Non. *Psychologue* à la retraite.

— Oh.

Je l'ai dévisagée en silence. Ce qui l'a fait rire davantage.

— Toi, tu ne portes pas les psychologues en très haute estime, pas vrai?

— Pourquoi vous dites ça?

— Parce que tu t'es éloignée de moi à la seconde où j'ai prononcé ce mot.

J'ai haussé les épaules. C'est juste que je trouvais que c'était une drôle de coïncidence que je tombe sur une psychologue alors que mon meilleur ami me suggérait fortement d'aller en consulter une. Cela avait l'air arrangé avec le gars des vues.

Elle a continué à sourire et à m'étudier, les yeux plissés.

— Si tu veux réellement connaître les pensées d'une personne, examine ses réactions physiques et son non-verbal. Ce sont deux choses qui ne mentent jamais.

— C'est mon instinct de survie qui aura pris le dessus sans que je m'en rende compte.

— Instinct de survie. Intéressant. Donc, tu te sens menacée?

J'ai ri.

— Ne jouez pas au psy avec moi. C'est peine perdue.

La dame s'est installée sur le banc.

— En attendant cet autobus qui ne daigne jamais arriver à l'heure, tu pourrais m'expliquer pourquoi tu as une opinion défavorable envers les psychologues.

Elle me scrutait. Son regard était davantage amusé qu'autoritaire. Et je me suis dit: «Pourquoi ne pas me prêter au jeu?»

Je me suis adossée contre la vitre de l'abribus.

— C'est un point de vue strictement personnel. Je n'ai pas beaucoup d'estime pour les psychologues en général. C'est tout.

Je me suis rendu compte trop tard de la grossièreté de mes propos.

— Évidemment, ça vous exclut. Je ne vous connais pas. Et puis, vous êtes à la retraite. Ça ne compte pas.

— Ah bon ! Fiou !... Si je ne compte pas.

Elle s'est toutefois penchée vers moi, n'ayant rien perdu de sa curiosité.

— Mais... encore ?

Comment j'avais bien pu en arriver là ? J'ai observé la rue, quelques instants. En essayant de trouver les mots justes.

— Vous ne pensez pas qu'il y a quelque chose de complètement absurde, vous, dans le fait de déballer sa vie privée à une personne qui ne vous connaît ni d'Ève ni d'Adam et qui n'en a — alors, là ! foncièrement — rien à foutre de vos états d'âme ? Qui ne fait que demeurer placide devant vous et qui tend la main au bout d'une heure pour empocher l'argent de votre dépression ?

J'ai remué la tête de gauche à droite. Mon explication ne me suffisait pas. Ce n'était pas seulement le fait de payer quelqu'un pour nous écouter qui était tordu. Ça allait plus loin que ça.

— En fait, je crois qu'il faut apprendre à se méfier d'eux. Carrément. Je crois que la plupart sont des charlatans. Des imposteurs. Vous... (J'ai levé les yeux vers elle et me suis empressée de réparer ma bévue encore une fois, en insistant sur l'emploi du bon pronom personnel.) *Ils* font miroiter un bonheur possible à leurs patients. Une solution miracle. Une sorte d'exorcisme par la parole. Comme s'ils pouvaient remédier à ce que l'on ressent à l'intérieur de nous. Mais... Je ne pense pas que l'âme se guérit aussi facilement que le corps. Il ne suffit pas de deux ou trois pilules – ou deux, trois séances de placotage – pour se sentir mieux. C'est le travail de toute une vie, ça.

Un curieux silence s'est installé entre nous. Deux taxis et une limousine ont eu le temps de passer sous nos yeux avant que la dame ne reprenne la parole.

— Tu sais, des charlatans, des imposteurs, comme tu dis, il doit certainement y
en avoir dans ce métier. Comme dans
n'importe quel autre. Il y a de bons psychologues comme il y en a de moins bons.
Mais des professionnels attentionnés, à
l'écoute, désireux de vouloir faire cheminer
leurs patients, ça existe. J'en ai côtoyé et
j'en connais encore. Ceux-là, ils ne cher-
chent pas nécessairement à te flatter dans
le sens du poil. Ils te confrontent, t'incitent
à réfléchir, à prendre position. Ceux-là
réussissent à te faire faire un bond immense
dans ton existence. Et ça, à mon avis, c'est
précieux. Mais il faut être prêt à se laisser
aller. À faire confiance à un inconnu.

Son sourire était doux.

— Toi, l'es-tu?

Je l'ai dévisagée.

Elle était de mèche avec Mathis ou
quoi?

Chapitre 7

— Monsieur Brien... Vous rêvassez.

L'élève en question s'est secoué, perdant instantanément son air absent. Il a jeté un œil à la classe et, voyant que tous les regards étaient rivés sur lui, s'est mis à balbutier des excuses.

— Êtes-vous si obnubilé par votre dernière conquête que vous en perdez tout votre esprit de concentration ?

Quelques étudiants se sont permis de rigoler à cette remarque, même si aucun d'entre eux n'aurait voulu se retrouver à la place de leur confrère. Le ton de monsieur Chamberland, notre professeur du cours de philosophie, n'était pas méchant. Au contraire. Mais on pouvait ne pas avoir envie, un lundi matin, de raconter sa vie privée à une trentaine d'inconnus.

Personnellement, si j'avais fait les frais de cette blague, j'aurais voulu disparaître sous le plancher. En temps normal, je détestais être le centre d'attention. Si on ajoutait à cela les yeux d'un inconnu qui cherchait à me faire des surprises et qui était assis à quelques mètres de moi, ce n'est pas juste sous le plancher que j'aurais voulu disparaître.

C'est au pôle Nord.

C'était mon premier cours de philo depuis que j'avais reçu le bout de papier signé «DB». Et depuis le début du cours, j'avais les épaules crispées. C'était plus fort que moi, je me sentais épiée. Les cheveux sur ma nuque étaient aussi raides que lorsque mes yeux croisaient une araignée sur le plafond de mon appartement.

J'essayais discrètement de jeter des coups d'œil à mes camarades, dans le but de déchiffrer l'identité de mon inconnu. Mais je ne voulais pas avoir l'air de celle qui cherche à savoir. Je ne voulais pas donner raison à mon inconnu. Je ne voulais pas lui démontrer que son mot avait eu l'effet escompté. Que je m'interrogeais à son sujet. Qu'il m'intriguait.

Alors je tâchais de faire comme si de rien n'était.

Comme si j'étais habituée à recevoir des cadeaux de parfaits étrangers et que j'étais blasée de la chose.

J'ai essayé de me détendre et d'arrêter de me faire toute petite sur ma chaise. J'en avais mal aux os à force de me contorsionner pour disparaître.

L'enseignant a penché la tête sur son bureau, question de retrouver l'idée qu'il exploitait quelques minutes plus tôt, tout en maugréant dans sa barbe :

— Vous devriez peut-être reléguer... votre Sophie ou votre Marie-Jeanne aux oubliettes, monsieur Brien. Et vous concentrer sur ce qui se passe à l'intérieur de ces murs.

— C'est Sara, monsieur.

J'ai relevé les yeux – tout comme la majorité de la classe – sur mon camarade d'études.

Il continuait sur le même ton, le sourire aux lèvres :

— Son nom. Ce n'est pas Sophie ou Marie-Jeanne. C'est Sara.

Jusqu'à maintenant, monsieur Chamberland était demeuré penché sur ses notes de cours. À l'intervention de l'élève Brien, il s'est relevé et a dévisagé son étudiant, comme s'il hésitait à interrompre son exposé ou à reprendre le fil de ses idées.

Il a finalement opté pour la première option, et on a senti un courant de délassement sur la classe.

— Et j'imagine que, pour afficher un air pareil, vous lui avez déclaré votre flamme dernièrement. C'est ça ?

Le sourire de mon camarade d'études avait perdu de sa splendeur.

— Non. Bien sûr que non. On ne « déclare plus sa flamme » depuis les années vingt, de toute façon...

— Sottises!

Le regard de monsieur Chamberland était courroucé. Il s'est approché de la première rangée, dans laquelle se trouvait le responsable de son emportement.

— Vous l'aimez bien, cette fille, non?

— Ben... oui.

— Alors, qu'est-ce que vous attendez pour le lui dire?

— Ben... J'attends le bon moment. J'attends qu'elle manifeste un intérêt à mon endroit. J'attends que...

— Vous attendez qu'elle fasse le premier pas?

L'étudiant ne répondait pas.

— Et si elle, elle attendait que vous fassiez le premier pas, justement? Vous pouvez attendre longtemps, tous les deux de votre côté, non? Vous n'êtes pas tannés de jouer à ce petit jeu?

Le ton de l'enseignant se faisait plus dur. L'étudiant en restait déconcerté. Il devait regretter d'avoir prononcé le nom de celle qui occupait ses pensées.

— Je ne vous visais pas vous, personnellement, monsieur Brien. Je parlais des jeunes de votre âge, en général. Non, mais...

Monsieur Chamberland est retourné à son bureau.

— Y a-t-il quelqu'un, parmi vous, qui est en mesure de m'expliquer comment ça fonctionne dans votre petite tête? Parce que je vois ma fille de dix-neuf ans se morfondre depuis des mois pour un garçon qu'elle ignore superbement. Et je vois monsieur, ici présent, rêvasser à sa douce, alors qu'aucun des deux ne semble vouloir prendre les devants dans la suite de leur histoire...

L'enseignant s'est tourné vers la première rangée.

— Ça ne vous dérange pas, monsieur Brien, si je vous cite en exemple?

L'étudiant a fait signe que non. Même s'il l'avait voulu, il était un peu tard pour faire marche arrière, de toute façon.

Monsieur Chamberland a poursuivi :

— Quelle est votre stratégie ? Agir complètement à l'opposé de vos sentiments ? En dévoiler le moins possible sur ce qui vous habite ? Laisser soin à l'autre de vous décrypter comme il se doit ? De vous lire entre les lignes ? S'il passe le test, il est digne de votre amour ? Sinon... Pfff ! On le jette et on recommence avec un autre ?

On aurait pu entendre un enseignant murmurer dans le local adjacent au nôtre tellement on se tenait silencieux dans celui-ci.

— Non mais... ! Qu'est-ce que vous avez à perdre ?

Un étudiant, assis un peu plus loin en avant, a levé la main. On s'est tous tournés vers lui.

— Euh... Notre orgueil ?

— BA-LI-VERNES !

Un mouvement de recul s'est automatiquement instauré dans la classe. Cela se corsait.

— Vous serez bien, votre orgueil et vous, seuls, en tête à tête, pour les trente prochaines années, si vous ne le reléguez pas immédiatement à la place qui lui revient ! Votre orgueil ! VOTRE ORGUEIL ! Non mais... Qu'est-ce qu'il ne faut pas entendre ! Ils ont encore la couche aux fesses et parlent de l'orgueil comme si c'était leur meilleur ami.

Monsieur Chamberland a retiré ses lunettes. Il s'est passé une main sur le visage en signe de découragement.

— Vous savez que ce maudit orgueil a failli être la cause de la disparition des hommes ?

Devant le silence entêté de son groupe, il a exécuté une série de simagrées interrogatrices.

— Le mythe d'Aristophane ? *Le Banquet* de Platon ?

Quelques étudiants échangeaient des regards entre eux.

— Les hommes si imbus d'eux-mêmes qu'ils en ont défié les dieux ?

Toujours aucune réponse.

— Mais... bordel! Qu'est-ce qu'on vous apprend, au secondaire?

Monsieur Chamberland a soupiré, et a empoigné une craie sur le bord du tableau.

— Bon, d'accord. Il y a longtemps, bien avant Aristote et Platon, la nature de l'homme était fort différente de ce qu'elle est aujourd'hui. Tout d'abord, il y avait trois genres : le mâle, issu du soleil ; la femelle, issue de la terre ; et l'androgyne, qui tenait à la fois du mâle et de la femelle, et qui prenait ses origines de la lune. À l'image de leurs parents, ces *êtres* étaient ronds.

L'enseignant nous a tourné le dos quelques secondes pour esquisser un cercle au tableau.

— Et ils avaient ceci de particulier qu'ils étaient constitués de quatre mains, quatre pieds, quatre yeux, deux têtes, deux bouches...

Tout en énumérant leurs caractéristiques, il les ajoutait au cercle. Le résultat avait tout l'air d'un bonhomme de neige fabriqué par un extraterrestre n'ayant jamais rencontré d'humains.

— Ils se déplaçaient en exécutant une série d'acrobaties très agiles. Et lorsqu'ils se mettaient à courir, alors là... ! Ayant huit membres pour leur servir de points d'appui, ils avançaient rapidement. Vous pouvez en être sûr ! Ils étaient forts. Et de cette force, ils en tiraient un orgueil démesuré. À tel point qu'ils décidèrent d'escalader les cieux pour braver les dieux. Évidemment, ces derniers étaient mécontents de leur audace. Et ils pensèrent à détruire leur espèce complètement. Mais s'ils agissaient de la sorte, qui pourvoirait aux offrandes faites en leur honneur ? Pour les punir, donc, ils choisirent de les scier en deux.

L'enseignant a tiré un trait net, au beau milieu de son dessin. Chaque moitié pouvait maintenant ressembler un peu plus à un humain normal, posant de profil.

— Dès cet instant, ces êtres se sont trouvés plus faibles. Moins vigoureux. Et lorsque les dieux les ont remis sur terre, chacun d'entre eux regrettait le tout uniforme qu'il formait avant. Et ils se sont mis à la recherche de leur seconde moitié.

Monsieur Chamberland a reposé la craie et s'est essuyé les mains en les frottant l'une contre l'autre.

— L'espèce humaine, à force de chercher sa moitié perdue, s'épuise, puisqu'elle refuse de faire autre chose en l'absence de l'autre. Ce qu'on nomme «amour» aujourd'hui, c'est ce souhait de retrouver notre totalité primitive. C'est ce désir de vouloir retrouver quelqu'un d'autre, pareil à nous. Notre alter ego.

Son regard a fait le tour de la salle.

— La morale de cette histoire, c'est que seul l'amour est capable de nous guérir du mal qui nous ronge depuis notre origine.

Il s'est tourné vers l'élève Brien.

— Arrêtez de tourner autour du pot et mettez un terme à vos tourments. Dites à cette Sara que vous l'aimez.

Je ressassais les paroles de monsieur Chamberland et je ne pouvais m'empêcher de faire des liens avec les cadeaux énigmatiques que je recevais.

Je pensais : «Il y a quelqu'un d'assez résolu dans mon entourage pour aller au-delà de sa gêne, de sa peur et de ses doutes pour venir à ma rencontre. Pour faire en sorte que nos routes se croisent.»

Puis je me secouais et je me disais : «Voyons donc, Laure. Si ça se trouve, les cadeaux n'ont aucun lien entre eux. La fleur était peut-être destinée à un autre casier, à une tout autre personne, comme Solange le prétendait. Le café – bien qu'il ait été au caramel, ma saveur préférée – avait sans doute juste été un hasard. Un concours de circonstances. Une tasse remplie par erreur qui avait abouti sur mon napperon. Et le texte... quelqu'un d'observateur qui aurait voulu me remonter le moral.

Si ça se trouve, il n'y a peut-être aucun geste romantique à la chose.

Et si ça se trouve, ce n'était peut-être même pas quelqu'un, mais *quelqu'une*. Tiens, qu'est-ce que tu dirais de ça, Laure Tousignant, si c'était une *quelqu'une* qui t'offrait ces cadeaux? Hein? Une Diane Boucher ou une Denise Bérubé? DB, ça peut être n'importe qui. »

Et quand je me parle sur ce ton, habituellement, je réussis à me reprendre et à poursuivre le cours normal de mon quotidien.

Seulement ces temps-ci, j'aurais bien voulu croire à cette histoire à la Cendrillon.

Juste... croire.

— Des fois, je me dis que ça ne m'arrivera jamais.

— De quoi on parle, ici?

Mathis a interrompu son gribouillage et, le stylo en l'air, a attendu que je précise ma pensée. Pendant un instant, j'ai regretté d'avoir parlé à voix haute.

Fidèles à nos habitudes, on s'était rejoints à notre rendez-vous hebdomadaire au café, question de s'encourager mutuellement à avancer dans nos travaux. Mais le cœur n'y était pas et encore une fois, mes pensées étaient tournées vers les petites attentions secrètes que je recevais depuis quelque temps.

Du menton, cependant, je lui ai montré le couple enlacé au coin de la rue. Les deux personnes qui le composaient se foutaient et des rafales de vent et des automobilistes qui passaient à côté d'eux en les frôlant presque.

Je les trouvais beaux. Je les enviais.

— Tu veux dire... être en couple?

— Hmm-hmm.

— Tu me déçois, Laure. Je dois te le dire. Je ne pensais pas que tu embarquerais là-dedans. Que tu mordrais à l'hameçon toi aussi.

— Je ne te suis pas...

Mathis a posé ses paumes sur la table.

— Laure! L'amour, ça n'existe pas. C'est une invention humaine.

— Tu penses que de se réaliser dans une relation amoureuse, c'est impossible?

J'ai redressé les épaules.

— Tu me fais marcher, là ?

— Non. Toi, tu me fais marcher ! Tu ne crois pas vraiment à ces idioties-là ?

Je l'ai fixé sans rien dire.

À ce moment précis, j'ai regretté d'avoir dit tout haut ce que je pensais tout bas.

Mathis a balancé sa main devant mes yeux.

— Hé ! C'est une utopie, ma grande ! Un beau et vaste mirage que les livres, le cinoche et toutes les autres formes de médias entretiennent et font miroiter aux gens un tant soit peu débiles.

Il m'a jaugée d'un regard qui m'enlevait toute trace de crédit.

— Comme toi, on dirait.

Il a fait mine de se replonger dans ses travaux. Et moi, je me demandais pourquoi j'avais cessé de le bouder après l'annonce de son départ pour Paris et pourquoi je persistais à entretenir notre amitié.

— En ce moment, je dois te dire que j'hésite entre te sauter dessus pour te tabasser ou te sauter dessus pour te faire carrément la peau.

Mon ton était étrangement calme, malgré la précarité de ma soupape que je sentais sur le point d'exploser.

— T'es fâchée? Ta *bu-bulle rose* vient de passer de vie à trépas?

Il a ri, l'imbécile. J'allais vraiment mettre l'une ou l'autre de mes menaces à exécution.

— Tu n'as aucun respect.

— Tu n'y croyais pas vraiment...

— OUI, J'Y CROYAIS!

— OK, OK!

Après un instant, j'ai ajouté:

— Et j'y crois encore.

Sinon, je ne serais pas en train de m'imaginer mille et un scénarios avec un inconnu qui m'offre par-ci, par-là des cadeaux intrigants.

— Tant mieux, Laure. Je suis content pour toi.

J'ai fait semblant de m'intéresser de nouveau à mes notes. Mais je n'y voyais rien, avec toute cette colère qui me bouchait les yeux. Et Mathis n'était pas un deux de pique. Il me voyait patiner pour essayer de retrouver un semblant de calme (et de dignité !), et j'étais loin d'atteindre ce but.

J'ai fini par lancer mon crayon au-dessus de mes papiers.

— Tu m'emmerdes ! Comment tu peux te moquer des gens, comme ça ? Monsieur «je *chatte* avec le grand 514» ? Qu'est-ce que tu penses que tu fais, toi, avec Internet, si ce n'est pas entretenir une *bu-bulle rose* ?

Il a encore éclaté de rire.

— On appelle ça «entretenir du sexe». Purement et simplement.

J'ai rougi. Mathis s'en est aperçu. Il s'est penché vers moi, narquois.

— C'est le mot «sexe» qui te met mal à l'aise ?

— Je te parle d'amour et tu me parles de te faire foutre. Il est là, le malaise. Comment veux-tu discuter avec quelqu'un qui pense «queue» quand il est question de «cœur»?

— Oh! T'es *cute*!

— Les homosexuels sont des désillusionnés...

— Oh. T'es moins *cute*, là...

Je jubilais.

— Ha, ha! Là on touche une corde sensible! Une réaction saine, enfin! C'est moins drôle, là! C'est moins le *fun* quand il est question de tes croyances, hein?

— Si tu veux voir l'homosexualité comme une croyance, vas-y fort, ma belle.

— Arrête avec tes petits noms condescendants, tu m'énerves!

— Du moment que tu arrêtes avec tes préjugés. «Les homosexuels sont des désillusionnés.» Franchement. Elle est pas forte, celle-là. On a entendu mieux sur notre compte... Mais peu importe. Je suis quand même curieux d'entendre ce que tu as à dire sur notre prétendue désillusion.

Il m'écoutait.

Tout sourire.

J'ai soudainement eu envie de me taire.

Tout d'un coup.

Le soir, c'est pire.

Juste avant de m'endormir.

J'éteins la lumière. Je me tourne sur le côté, face au mur. En pénitence.

Je fixe le néant. Les yeux grands ouverts sur la pénombre de ma chambre. Et j'ai peur.

J'ai peur que toutes mes nuits soient vides.

J'ai peur que tous mes matins soient vides.

J'ai peur d'être vide.

Et si je deviens sèche et âpre à l'inté-rieur ?

Perdue dans mon trop grand lit. La tête enfouie sous les oreillers. Je tente de repousser la panique que je sens monter en moi.

Combien d'autres nuits à m'endormir seule ? Combien d'autres nuits à enlacer l'absence ? Et si la place à mes côtés demeurait toujours obstinément inoccupée ? Est-ce qu'un être humain peut se sentir pleinement satisfait de sa vie s'il n'a personne à ses côtés pour la partager ? Peut-on être complet sans faire partie d'un couple ? Est-ce qu'un simple ami peut avoir autant d'impact dans notre vie qu'un amoureux ?

J'essaie de me rassurer en me disant que c'est peut-être aussi bien ainsi.

Qui sait de quoi j'ai l'air quand je dors ?

Chapitre 8

— Eh bien! Je désespérais de te voir ce soir.

J'ai souri à la dame et lui ai montré le gobelet dans ma main.

— Je suis arrêtée me chercher un café en finissant.

Mon inconnue a grimacé.

— Pouah! Je me demande bien comment tu fais pour ingurgiter de la caféine à cette heure-ci. Moi, je ne dormirais pas de la nuit.

— Oui, mais c'est du café au caramel. Le meilleur dans tous les environs.

J'en ai pris une gorgée et j'ai laissé entendre un soupir de contentement.

Les publicitaires se seraient délectés de la scène.

— Passer une nuit éveillée avec ça dans les veines et un bon roman dans les mains, c'est un moment de pur délice. Croyez-moi. La vie ne vaut pas la peine d'être vécue si on ne s'octroie pas des moments semblables de temps à autre.

— Ah bon. Et quelle lecture vas-tu entreprendre cette nuit?

J'ai déposé mon sac sur le sol et j'en ai sorti *L'Insoutenable Légèreté de l'être*. Je le lui ai tendu. Elle en a étudié la quatrième de couverture avant de me le rendre.

— Et de quoi parle-t-il, ce Kundera?

J'ai laissé mes doigts glisser sur la tranche du livre, méditant sur la question.

— Il parle de l'Homme et de son incapacité à vouloir prendre des responsabilités. Parce que la vie ne se répète pas, il a tendance à vouloir demeurer dans la légèreté des choses. Il nie les côtés laids de la vie et tourne la mort en dérision.

— Tu sembles bien le connaître.

— Je l'ai déjà lu. Une fois.

— Et tu vas le relire?

— Bien sûr. J'ai déjà lu quelque part que certains livres nous poussent parfois à adopter un genre de vie particulier. Et que plus tard, lorsqu'on est retombé dans l'indifférence de notre quotidien, il suffit de relire ce livre pour se sentir de nouveau... *inspiré*.

J'ai baissé les yeux sur l'œuvre de Kundera.

— Je me rappelle m'être sentie bien en refermant ce livre la première fois où je l'ai lu. Je me dis que j'ai toutes les chances de retrouver cet état d'esprit en le relisant une deuxième fois. Vous ne pensez pas?

Elle m'a offert un de ses sourires énigmatiques.

— Qu'est-ce qui fait que tu ne te sens pas bien à ce moment-ci de ta vie?

Un automatisme vieux de dix-huit ans aurait voulu que je me braque. Mais je me suis contentée de la dévisager longuement, pesant le pour et le contre de sa question. La nécessité ou non de me confier.

Et j'ai fini par m'aventurer :

— Pour vous faire un résumé assez simple, j'ai l'impression de ne jamais être à ma place. De ne jamais faire ce qu'il faut ou de ne jamais dire la bonne chose au bon moment. De me taire lorsqu'il vaudrait mieux que je parle. De parler lorsqu'il vaudrait mieux que je me taise. De rester immobile lorsqu'il vaudrait mieux que j'agisse. D'être constamment dans l'erreur. De toujours avoir tout faux. De ne pas plaire aux autres. J'ai l'impression de ne pas faire ce que je veux réellement. Même si je n'ai aucune idée de ce que c'est ! C'est bête, hein ? J'ai l'impression de laisser les autres me garrocher d'un bord et de l'autre. J'ai l'impression que ma vie me file entre les doigts. J'ai l'impression que personne ne me connaît réellement, pas même moi. J'ai l'impression d'être invisible, aussi, parfois...

J'ai arrêté parce que ma gorge s'est serrée et que ma voix faisait de drôles de trémolos.

Je fermais les yeux et je revoyais les mots sur la feuille que la fille m'avait remise dans mon cours de philo. Je les relisais et les relisais des dizaines de fois par jour, et je commençais à les connaître par cœur, comme une chanson que je me répétais dans ma tête.

C'est qu'il ne m'arrive plus rien / Tous les jours de mon âge m'ont endormi / Jamais plus rien / Plus de voyages, presque plus d'amis / C'est très restreint / En termes de loisirs et de plaisirs

À force de me taire, d'hésiter, de faire du surplace, j'avais l'impression en effet qu'il ne m'arrivait plus rien. Je ne savourais plus la vie comme je la savourais avant. Je ne riais plus avec mes amis comme j'avais l'habitude de le faire avant.

J'étais constamment habitée par une interminable lassitude et je me donnais l'impression d'être très vieille à l'intérieur de moi.

— Tu dois avoir de sacrées épaules pour porter tout ça...

Je les ai haussées, justement, mes épaules. Qu'est-ce que j'en savais, moi? Ce n'est pas quelque chose qui est propre au début de la vie d'adulte, être mal dans sa peau comme ça?

Un bruit de moteur de mastodonte s'est fait entendre. J'ai empoigné les bretelles de mon sac. Discrètement, je me suis essuyé les yeux.

Au moment où l'autobus s'arrêtait à notre hauteur, j'ai senti la main de la dame se poser sur mon avant-bras.

— Je ne prétends pas avoir les pouvoirs curatifs de Kundera, mais si tu le veux, je t'offre de t'écouter pour un moment. Si tu me le permets et... si le cœur t'en dit.

Chapitre 9

— Avez-vous déjà pensé à consulter, vous ?

Ma question a été accueillie par un silence oppressant et trois paires d'yeux interrogateurs. Seule la télévision continuait son baratin, nullement dérangée par mes tourments existentiels.

Après notre cours du mardi après-midi, on avait naturellement abouti chez moi. Question de s'abrutir devant une émission pour adolescents attardés.

— Je veux dire... Est-ce que vous y croyez, vous ? Au bienfait d'une thérapie...

Solange a été la première à réagir.

— Es-tu en train de nous faire un genre de... *coming out*, là ?

— Qu'est-ce qui te fait dire que je suis en thérapie ?

— Je ne sais pas. De un, tu rougis...

C'était vraiment bête, cette manie...

— Et de deux, tu lances cette question à brûle-pourpoint, en pleine reprise de *Glee*...

J'aurais pu choisir mieux, en effet.

— Depuis quand tu consultes ?

Moi et ma foutue spontanéité...

— Je ne consulte pas.

J'ai laissé le temps à ma remarque de s'imbriquer dans leur subconscient. Lorsque j'ai relevé les yeux, après un bon moment, c'était pour constater que Solange et Charles avaient reporté toute leur attention sur l'écran du téléviseur.

Et que Mathis, derrière eux, me considérait en silence.

Et en souriant.

Chapitre 10

J'avais demandé plusieurs délais pour la remise de mes travaux de mi-session. Notamment en philo. Monsieur Chamberland nous avait demandé de pondre un essai sur le célèbre «Connais-toi toi-même» de Socrate. Un petit exercice de niveau *primaire*, qui ne devrait normalement pas nous embêter bien longtemps. Il fallait broder un texte autour de ce précepte et tâcher d'exprimer le fond réel de sa pensée.

Mais voilà. Il m'embêtait vraiment, ce Socrate.

En vérité, je le trouvais royalement casse-pieds.

Je connais Goscinny. Je connais Anne Hébert. Je connais Mathis comme le fond de ma poche. (Enfin, je crois les connaître.) Mais moi, qui suis-je? Qui me connaît?

Foutaises.

Je me suis levée et me suis enjointe à tourner en rond dans mon appartement. C'était mieux que de tourner en rond dans ma tête. C'est qu'on y était un peu à l'étroit, là-dedans.

Je me suis dirigée vers ma garde-robe et l'ai ouverte. Comme ça. Pour rien. Pour voir si je n'avais pas réellement besoin d'un ensemble criard, à la coupe nulle et au tissu poreux. Après m'être convaincue du contraire, je suis allée faire un tour dans ma salle de bain. J'ai ouvert la pharmacie. Le robinet. Le rideau de douche. Puis je me suis dirigée vers ma cuisine. J'ai effectué le même manège avec mes armoires, mon frigo, mon garde-manger. À force d'ouvrir des trucs concrets dans mon appartement, j'allais bien finir par ouvrir quelque chose dans mon esprit. Je voyais ça comme une sorte de préliminaire à mon travail intellectuel. Ce que j'étais incapable de réaliser par l'exercice de ma matière grise, j'allais le faire par le biais de mes doigts.

J'allais venir à bout de Socrate et de sa maudite maxime.

J'ai fini par me camper devant ma porte-fenêtre. C'était mieux que de moisir devant mon écran blanc. Au moins ici, il y avait du mouvement. Il y avait de la vie dans les rues de Montréal.

Au fond de moi, je croyais qu'on était les plus mal placés pour nous connaître réellement.

Par exemple, combien de fois Mathis avait-il été en mesure de prédire une décision que j'allais prendre, alors que moi-même, je nageais en pleine hésitation ? Combien de fois avais-je senti qu'il me comprenait grâce à la seule profondeur de son regard ? Combien de fois avait-il dédramatisé des situations qui m'apparaissaient la fin du monde ?

Peut-être parce qu'il conserve une certaine distance, le regard de l'autre est plus clairvoyant que le nôtre.

Peut-être que la dame de l'abribus, Murielle – on avait fini par faire connaissance en bonne et due forme – , disait vrai.

Peut-être que nos gestes et notre non-verbal en disent autant, sinon plus, sur notre être que les paroles qu'on s'évertue à vouloir proclamer.

J'ai soupiré. J'en avais assez de mes *peut-être* et de mes hypothèses. Était-ce trop demander que d'avoir du concret, pour une fois?

Je suis retournée à mon poste de travail.

Adossé au porte-crayon inutile qui enjolivait le dessus de mon ordinateur trônait le papier que Murielle m'avait remis. Elle y avait inscrit ses coordonnées, en me disant de l'appeler si j'avais besoin de parler.

Elle m'avait dit: «Au cas où tu aurais besoin davantage que de nos rencontres sporadiques à l'abribus.»

Il n'y a pas si longtemps, je m'étais braquée quand Mathis m'avait dit que ça pourrait peut-être me faire du bien de parler à un inconnu. Quelqu'un qui ne me connaissait ni d'Ève ni d'Adam, et qui ne me donnerait pas l'impression d'être jugée.

Sur le coup, j'ai pensé que je n'en avais pas besoin. Qu'il y avait un mot, que l'on nommait «résilience», qui jouait à peu près le même rôle qu'une thérapie, quatre-vingt-dix dollars en moins.

Et puis, à l'idée de consulter quelqu'un sur une base régulière, je... j'avais honte. Qu'allaient penser mes parents, eux qui croyaient que tout allait bien? Mes amis? Supporteraient-ils de côtoyer quelqu'un qui admettait avoir besoin d'aide? Qui n'avait pas le cœur à jouer? À rire?

Une faible?

Mais je devais admettre qu'au fond de moi, j'espérais qu'il pouvait y avoir une solution à ce que je ressentais.

Et je commençais à me demander si «m'ouvrir à une inconnue» ne pouvait pas être une solution sensée pour y parvenir.

— Et l'école? Ça va?

J'ai pris le temps de choisir mes mots. Le truc avec mes parents, c'était de ne pas trop en dire. Se contenter du strict minimum.

— Ça va.

— Tu finis quand?

— Dans quatre semaines.

C'était si lourd de vide, des fois, mes discussions avec eux. C'était pesant de superficialité. La peur de remuer les vraies choses nous empêchait de dialoguer réellement. Alors on placotait.

Ainsi, on ne risquait rien.

— Les travaux? Ça va aussi?

— Hmm-hmm. Ça va.

J'ai passé une main sur ma nuque pour libérer la tension. Je n'ai jamais excellé dans l'art de ne rien dire. Je me suis toujours dit qu'il était mieux de me taire plutôt que de me perdre en banalités.

— Et à la librairie?

J'ai décroché mon manteau de la patère. Passé un bras, puis l'autre dans les manches trop grandes pour moi.

— La même chose. C'est le train-train quotidien.

J'ai boutonné mon armure d'hiver, enroulé le serpent de laine autour de mon cou.

— T'as besoin de quelque chose? Il ne te manque rien?

— Non, non. Ça va. J'ai tout ce qu'il me faut.

Je me suis demandé à partir de quel moment on s'était perdus de vue, eux et moi.

À partir de quel moment la pluie et le beau temps ont-ils envahi nos échanges? Il y avait un fossé énorme qui s'était creusé au fil des années. Au fil des silences. Et rien ne me laissait présager la reconstruction d'un pont entre nous trois.

— Bon. Eh bien, si tout va bien…

J'ai hoché la tête de haut en bas, dans un sourire crispé.

Si j'avais eu un miroir en face de moi, j'aurais été loin d'être rassurée.

Pourtant, ma mère m'a laissée partir.

— Si tu as besoin de quoi que ce soit, tu ne te gênes pas. Tu nous fais signe?

J'ai hoché la tête de nouveau.

— Merci pour le repas.

Ma mère s'est penchée vers moi, a déposé doucement un baiser sur chacune des mes joues. Mon père a fait de même, en me caressant la tête au passage.

La main sur la poignée de la porte, je m'apprêtais à prendre congé.

— Alors, on se revoit dans deux semaines?

— Oui. Dans deux semaines. Je t'appellerai, maman.

Dernier signe de la main. Je me suis engouffrée dans la nuit noire. Dans l'air froid du mois de novembre.

Les cahiers narcissiques

L'offre de Murielle venait à point. J'étais mûre pour parler.

Elle a dit très peu et s'est surtout contentée d'écouter beaucoup. Nous avons eu une première rencontre dans un café ouvert vingt-quatre heures, pas très loin de la librairie. Il était pratiquement désert à l'heure où nous sommes arrivées. Il m'a semblé lui avoir parlé pendant des heures. Et ça m'a fait du bien.

J'avais souvent l'impression que ce que je disais n'avait ni queue ni tête, mais ça ne semblait pas l'affecter.

J'ai tâché tant bien que mal de lui expliquer comment je me sentais. De lui expliquer d'où venait le vide qui m'habitait depuis... des semaines ? des mois ? Je ne me rappelle plus.

Ce n'était pas évident de verbaliser mes sentiments. Mais à aucun moment je ne me suis sentie jugée.

Même quand je lui ai avoué que je me sentais invisible et que j'avais l'impression qu'on ne me voyait pas.

Je me trouvais ridicule, parce que je savais bien que s'il y avait une seule personne à blâmer pour cette sensation que je ressentais quotidiennement, c'était bien moi. Solange ne cessait de me répéter que je ne sortais pas assez de chez moi, de mes livres. Que je préférais m'éloigner des gens plutôt que de m'en approcher.

Il y avait une partie de moi qui souhaitait ardemment être vue et faire partie des conversations, et une autre partie qui désirait que le regard des autres ne s'attarde jamais sur moi. Qui ne voulait en aucun cas être montrée du doigt. Je voulais passer incognito et longer les murs du cégep en me fondant dans le gris des murs. Il y avait une partie de moi qui souhaitait être identique et en tous points pareille aux autres.

J'ai toujours eu peur qu'on me mette une étiquette sur le dos et que je ne puisse plus m'en débarrasser.

Je craignais qu'on me diagnostique. Qu'on en vienne à une conclusion sur moi. Je fuyais les médecins. Les hôpitaux. Les gens trop sérieux qui pouvaient dépister une tare dans mon développement mental, un gène mutant qui m'aurait faite différente des autres. Je craignais qu'on me dise : « Après une série de tests, nous n'avons aucun autre choix que de vous apprendre cette triste nouvelle, mademoiselle : vous n'êtes pas normale. »

J'avais peur d'être *trop*.

Très.

De n'être *pas assez*.

J'avais peur. Point.

La plus peureuse des jeunes adultes que la terre ait jamais portée, c'était moi.

Chapitre 11

J'ai maudit mes sœurs du début jusqu'à la fin de la séance.

Il a tout d'abord fallu remplir des formulaires sur notre santé. Je ne voyais pas en quoi un facial pouvait avoir une incidence quelconque sur le rythme de mes battements cardiaques.

Puis est venu le temps des cabines.

Je suis restée immobile devant le linge que l'esthéticienne me tendait du bout de ses ongles parfaits.

— C'est quoi, ça?

— Pour vous changer.

— Je suis très bien comme ça. Et puis, c'est pour un facial que je suis venue.

— C'est parce que votre traitement s'étire jusqu'aux épaules.

J'avais envie de lui dire que ma face, à moi, se terminait au menton, mais j'ai croisé le regard de ma mère. Et je me suis dit qu'après tout, c'était pour elle que j'étais ici. J'ai souri et je suis allée me planquer derrière le paravent.

Si au moins il y avait eu une porte que j'aurais pu claquer...

J'entendais ma mère chantonner à côté, tandis que j'enlevais mes vêtements un par un. Je me suis demandé s'il fallait que j'enlève aussi mes jeans. Jamais je n'aurais cru qu'un soin du visage pouvait s'étirer jusqu'aux orteils. Il y a des limites à avoir la face longue. Mais un seul coup d'œil au miroir m'a fait comprendre que j'avais l'air ridicule avec ma paire de pantalons sous la serviette de bain. Je l'ai donc retirée, au moment même où l'esthéticienne s'enquérait de mon état.

— Vous avez besoin d'un coup de main, peut-être?

— Non. Je me suis déjà déshabillée toute seule avant aujourd'hui, merci.

— Je vous demande pardon?

J'ai retiré mes bas (tant qu'à y être...) et suis sortie de ma cachette.

— J'ai dit: «Non, merci.»

La fille m'a scrutée de haut en bas, avant de m'inviter à la suivre vers sa table de torture. Ma mère m'envoyait des saluts de la main, rayonnante de bonheur. Comment pouvait-on être si heureuse à l'idée de se faire martyriser les points noirs?

— C'est la première fois que vous venez dans un centre de beauté?

— Vous voulez rire? C'est pratiquement ma deuxième maison, ici.

Elle m'a lancé un regard dubitatif.

Il y en a qui ne sauront jamais comment se magasiner un pourboire.

Chapitre 12

— C'est dans la rencontre avec l'autre que l'être humain réussit à se métamorphoser. Qu'il parvient à demeurer en mouvement, à transiter d'un point de vue sur le monde à un autre. Que ce soit dans une relation de couple ou dans une relation amicale, au sein d'une famille ou avec des collègues de travail, la clé de l'échange se trouve dans notre état d'esprit à vouloir recevoir les propos de l'autre. Sommes-nous ouverts à d'autres perspectives ? Sommes-nous prêts à accueillir l'autre ?

C'était le dernier cours de philo du trimestre. La semaine prochaine, on remettait notre travail final. Je n'avais encore aucune idée de la perspective que j'allais aborder. Et si je me fiais au résultat médiocre que j'avais eu pour mon travail de mi-session sur Socrate, peu importait la perspective que j'allais prendre pour celui-ci puisqu'au final, je ne m'en tirerais pas au-dessus d'un C.

Le menton appuyé au creux de ma main, j'écoutais le discours de monsieur Chamberland d'une oreille distraite.

Je faisais la grève de la concentration.

Mes yeux détaillaient les nuques des étudiants qui se trouvaient dans les rangées devant moi, essayant encore une fois et tant bien que mal de découvrir l'identité de mon inconnu. J'essayais d'établir un profil psychologique à partir des coupes de cheveux que je voyais et je tâchais d'en associer une à « DB ».

Le résultat était plutôt lamentable.

J'avais aussi essayé de lire les noms sur la feuille de présence du cours. Mais ma voisine de classe avait tendance à s'impatienter lorsque je ne lui tendais pas la feuille dans la seconde où j'avais terminé d'inscrire mon nom. Et d'après ce que j'avais vu, aucun élève ne correspondait à DB.

Et j'étais trop peureuse pour interroger la fille qui m'avait remis le bout de papier. On se contentait de se sourire bêtement lorsque nos regards se croisaient et je n'avais pas osé pousser mon investigation plus loin.

De toute façon, je commençais à me dire que mon inconnu s'était désintéressé de mon cas, car depuis deux semaines, je n'avais reçu aucun signe de lui. C'était le silence radio.

Peut-être trouvait-il ma conquête trop difficile?

Après tout, j'étais une fille pas trop futée, qui acceptait les cafés au caramel de n'importe qui et qui déballait sa vie privée à une parfaite étrangère dans un abribus, à minuit passé.

Néanmoins, m'interroger sur mon inconnu était beaucoup plus distrayant que de me questionner sur les personnes de mon entourage qui me permettaient d'évoluer en tant qu'individu, puisque dans la catégorie «amis», le seul qui parvenait à me faire voir le monde d'une manière différente me laissait tomber pour la Ville Lumière dans quelques jours. Très néfaste pour l'évolution personnelle, cela.

Et pour l'ego.

Parce que franchement, je ne voyais pas ce que Paris avait de plus que moi. À part cette espèce de structure d'acier qui tentait de chatouiller les nuages.

— Être sujet humain, c'est précisément être en mesure de réfuter les connaissances du monde que l'on tenait pour acquises et que l'on considérait comme vraies et incontestables. C'est réinventer constamment le résultat de deux plus deux. Comme la...

La sonnerie d'un téléphone cellulaire a interrompu le monologue de monsieur Chamberland. Il s'est mis à grommeler dans sa barbe, comme un vieux schtroumpf grincheux.

— Il y a vingt-cinq ans, quand j'ai commencé à enseigner, la seule sonnerie qui pouvait me faire cesser de parler, c'était celle de l'alarme de feu. Maintenant, avec la technologie, je peux me faire interrompre à tout bout de champ par les mélodies de Madonna et de Michael Jackson. Il n'y a plus aucun respect pour les mots qui sortent de ma bouche.

Il s'est tu.

Mais pas le cellulaire. Et cela devenait franchement agaçant. Toutes les têtes se sont tournées vers la première rangée, d'où provenait le bruit.

L'élève Brien se tenait bien droit sur sa chaise.

Bien droit et tout rouge. On devinait que c'était le sien.

Monsieur Chamberland s'est approché de lui.

— Eh bien? Qu'est-ce que vous attendez? Répondez.

Mon camarade de classe a dégluti. Il s'est penché sur son sac à dos pour en sortir son téléphone portable.

— Non, non. Je vais l'éteindre. Je suis désolé. Je prends toujours l'habitude de le faire avant de mettre les pieds ici. Mais aujourd'hui, j'ai complètement oublié.

— Mais non. Ne vous donnez pas cette peine, puisqu'on en est là. Mon cours est déjà suspendu d'une façon ou d'une autre. Et on meurt d'envie de connaître l'identité de la personne qui tente de vous joindre. Et surtout la raison de son appel.

L'étudiant a hésité. Un quart de seconde de trop. Monsieur Chamberland a fini par se lasser et a mis la main sur l'appareil sans plus de cérémonie. D'un geste plutôt inexpérimenté – on aurait presque pu croire qu'il venait directement de la préhistoire –, il l'a ouvert.

— Allô? Secrétaire personnel de monsieur Brien au bout du fil. Qui le demande?

Le propriétaire du cellulaire en question était cramoisi.

— Un instant. Je vous le passe.

Monsieur Chamberland a rendu l'appareil à son détenteur.

— Je suis heureux de constater que mes conseils portent des fruits, puisque c'est une certaine Sara qui vous téléphone.

L'élève Brien s'est empressé de récupérer son cellulaire. En se levant pour se diriger à l'extérieur du local, il s'est pris les pieds dans les bretelles de son sac à dos et a manqué de trébucher dans l'allée. Il est sorti sous les quolibets et les rires de l'ensemble du groupe.

Mes yeux se sont longuement attardés sur la porte. J'apercevais mon compagnon de classe à travers la fenêtre. Il exécutait de drôles de pas de danse, le sourire aux lèvres. Le rouge n'était pas encore disparu de ses joues.

Dire qu'il suffisait parfois d'un seul coup de téléphone pour mettre une personne dans tous ses états. Cette Sara, se doutait-elle des remous qu'elle créait? De la joie qu'elle procurait?

Monsieur Chamberland continuait de sourire en avant de la classe, visiblement fier de l'ascendant qu'il exerçait sur son étudiant.

— Bon. Où en étais-je? Ah, oui, le pouvoir des relations...

Chapitre 13

— Tu me sembles bien songeuse, ce soir.

— Ah bon?

— Enfin, tu l'es depuis notre première rencontre. Mais plus particulièrement aujourd'hui. Quelque chose dans ton regard...

Je me suis adossée contre la paroi de l'abribus. En grimaçant légèrement, Murielle s'est repositionnée sur le banc en bois.

— Je viens de mettre les pieds ici et vous êtes déjà en mesure de dire ce qui me tourmente. Vous êtes forte.

Elle a souri. Et ses yeux étaient encore remplis de secrets.

— Non, tu fais erreur. Je ne suis pas en mesure de dire ce qui te tourmente. Mais je suis capable de déceler que quelque chose tracasse ton esprit.

Elle m'a considérée en silence. Comme si elle prenait le pouls de mon âme. J'ai détourné le regard, encore peu habituée à me faire dévisager de la sorte.

— Je voulais vous remercier. Pour l'autre soir. La petite consultation gratuite. Ça m'a fait du bien.

— Tu sais, j'en ai tellement vu, des jeunes comme toi...

J'ai relevé la tête vivement vers elle. Il y en avait tant que ça?

— Tu as l'air surprise.

J'ai bredouillé:

— Non, c'est juste que ce n'est pas ce que je perçois lorsque je regarde les *jeunes* qui m'entourent. J'en vois qui jonglent avec le cégep, les chums, les amis, les partys, la famille, le travail à temps partiel, les travaux, les études et les lectures comme si de rien n'était. Et eux jettent un regard méprisant sur ceux qui n'y arrivent pas. Qui sont cernés jusqu'à la moelle et qui pleurent pour un oui ou pour un non.

— Oui, mais est-ce que ces jeunes-là, qui méprisent les plus faibles, comme tu dis, sont plus heureux ? Plus établis ?

— Je n'en sais rien, mais ils ont l'air de savoir où ils s'en vont, en tout cas.

La dame a pris une grande respiration.

— Tout au long de ma carrière, j'ai reçu des jeunes dans mon bureau. Épuisés. Physiquement, mais surtout émotionnellement. On n'avait pas pris la peine de les écouter à l'aube de leur vie adulte. C'était des jeunes qu'on avait fait instruire, qu'on avait éduqués à coups d'arithmétique et de grammaire, mais qu'on avait omis de former au point de vue psychique.

J'ai haussé les épaules.

— Il y a des cours de philo pour ça, au cégep.

— Oui, mais ce ne sont pas tous les jeunes qui s'y rendent. Et ce ne sont pas toutes les institutions collégiales qui offrent des cours dignes de ce nom.

J'ai rit.

— Tu sais, on tend à banaliser la crise d'adolescence. Et pourtant...

Murielle a froncé les sourcils.

— Et pourtant, quoi?

— C'est peut-être l'une des étapes de la vie des plus capitales. Quand on y pense... c'est une mue : un enfant délaisse ce qu'il connaît le mieux pour entrer dans un univers qui lui est complètement étranger. On lui demande de prendre des responsabilités, de méditer sur son futur, de prendre des décisions, de penser pour lui, de concilier un travail et des études, de se débrouiller avec ses premiers émois amoureux, de se sentir à l'aise dans un corps qui n'en finit plus de se modifier... Il compare, jauge, estime, dénigre, juge et condamne les valeurs et les modèles qu'on lui a transmis. Il se retrouve sans aucun point de repère fixe, sans balise pour s'orienter.

Murielle s'est levée du banc où elle était assise.

L'idée m'a traversé l'esprit que j'aimerais lui ressembler quand j'allais avoir son âge. Indépendante. Fière. Orgueilleuse. Posséder ne serait-ce que le quart de cet intérêt qu'elle a pour les autres. M'émerveiller encore de ce qui m'entoure, malgré les décennies qui auront passé. Elle semblait conserver un regard d'enfant, un regard neuf sur ce qui lui arrivait.

Elle a pointé mon café du doigt.

— Une autre nuit blanche?

— Peut-être.

— Quel auteur?

— J'hésite encore.

Elle s'est avancée vers moi et m'a tendu la main. Amusée, je lui ai donné la mienne, sans aucune réticence. Sa paume était chaude. Elle a serré mes doigts glacés, un instant. Puis les a libérés, en esquissant un petit sourire.

— Ce qu'il y a de bien, dans ton cas, c'est que les livres ont réussi là où les adultes ont pu échouer.

— C'est-à-dire?

— Les adultes qui t'ont entourée durant ton adolescence n'ont peut-être pas été en mesure de te guider comme tu l'aurais souhaité. Les livres, eux, l'ont fait.

Chapitre 14

En temps normal, la présentation visuelle et la propreté de la librairie ne sont pas des choses qui me préoccupent. En fait, c'est loin d'être des tâches qui m'enchantent.

Pourtant, je n'avais jamais été aussi captivée par le ménage qu'aujourd'hui. Tout m'écœurait : Noël, la musique des fêtes, l'ambiance de centre commercial qui s'était soudainement emparée de notre petite librairie indépendante. J'avais les clients au bord des lèvres. Leur agressivité, leurs questions idiotes, leurs achats sous pression me donnaient envie de vomir. Pourtant, je serrais les dents et comptais les minutes qui me séparaient de ma prochaine pause.

Je promenais ma bouteille de Windex et mon chiffon d'un bout à l'autre du magasin. Michel, le directeur adjoint, m'avait interceptée plus tôt. Il m'avait dit de *slaquer* un peu sur le ménage et de m'occuper un peu plus des clients. Au moment où il a tendu les doigts pour se saisir de mon arsenal, j'ai fait mine de le mordre. Surpris, il a reculé de quelques pas.

— Je n'ai pas dormi de la nuit, je suis en pleine fin de session et aucun de mes travaux n'est commencé. J'angoisse comme huit, je carbure au café et je viens d'essayer de te mordre. Multiplie ça par l'ambiance de surconsommation littéraire qui suinte de partout et je te jure qu'il va y en avoir un qui va passer le pas de la porte les pieds devant d'ici la fin de la journée.

Il a blêmi et m'a laissée tranquille.

Je me traînais donc d'une rangée de livres à une autre, en laissant le bout de mes doigts errer sur leur tranche. Je nettoyais un peu leur devanture. Frottais leur présentoir. Je compatissais à leur sort.

Je ne pouvais pas m'empêcher d'être triste pour eux.

Ils étaient achetés un peu n'importe comment, pour n'importe qui. Du moment que c'était un bon vendeur. Du moment que je certifiais qu'ils allaient plaire à coup sûr. Ils étaient déposés dans le panier parce que leur quatrième de couverture garantissait l'évasion, l'émerveillement et le rêve. Ils étaient manipulés de tous bords tous côtés, rejetés ou sélectionnés, replacés loin de leurs confrères, les coins pliés, les pages retroussées, lorsqu'elles n'étaient pas carrément déchirées.

J'assistais à un véritable carnage littéraire.

— Excuse-moi...

— Oui?

Les yeux du client ont passé de mon sourire «spécial temps des fêtes» à l'arme antibactérienne que je m'obstinais à pointer dans sa direction. Il n'était, pourtant, nullement dépité par ma menace. Et se permettait même le tutoiement.

— J'ai une petite question piège pour toi.

Mon sourire s'est crispé encore plus. Quelle originalité! Une question piège. On ne me l'avait jamais lancée, celle-là, avant.

— Je cherche un cadeau pour ma blonde. Elle adore lire. Sitôt qu'elle a deux minutes, hop! elle plonge dans un roman. Et pas n'importe quoi, là! Des briques! Ça d'épais...!

Pour un instant, je me demandais qui était l'épais.

— Et elle est bien ouverte à tout: romans policiers, romans psychologiques, suspenses...

Parlant de suspense, il me tenait en haleine, là. On ne parlait pas d'une question piège, tantôt?

J'ai interrompu ce qui s'apprêtait à être un long discours sur le pedigree littéraire de sa petite amie et je lui ai suggéré la même chose qu'à des dizaines et des dizaines de clients avant lui, soit le premier livre qui me tombait sous la main.

— *Aline et Valcour* ? Je ne connais pas. C'est qui, l'auteur ?

— Le Marquis de Sade.

— Connais pas.

Quelle surprise !

— C'est bon ?

J'ai fait de grands yeux passionnés.

— Oui, à l'époque où c'est sorti, ça a fait un tabac. Un best-seller. Votre copine va adorer.

— Ah ben, merci !

— Mais de rien. Joyeux Noël !

Je l'ai laissé se diriger vers la caisse en me bidonnant intérieurement. Ils allaient avoir un sacré beau temps des fêtes, lui et sa copine.

— Le Marquis de Sade, hein ?

Je me suis arrêtée net. Geste, pulsation, clignement des cils... Tous mes signes vitaux se sont mis en mode interruption. Ce petit ton railleur, que je reconnaîtrais entre mille, me faisait l'effet d'une décharge électrique dans le conduit auditif.

Mathis s'est approché à petits pas, les mains dans les poches de son manteau.

J'avais une terrible envie de le serrer dans me bras. Mais quelque chose m'en empêchait. Peut-être le silence entre lui et moi depuis l'annonce de son départ ou ma honte d'avoir été celle qui l'avait entretenu.

— Je me demandais... Qu'est-ce que tu fais après le boulot ?

J'ai gémi :

— Demande-moi plutôt ce que j'ai envie de faire maintenant.

Les paroles avaient à peine franchi mes lèvres que...

Mes yeux ont fait le tour de la boutique et ont repéré Michel, aux prises avec un essaim de clients. Sans plus réfléchir, je me suis dirigée vers eux d'un pas décidé.

Je suis revenue au bout d'une dizaine de minutes, mon manteau sur le dos. Mathis n'avait pas bougé d'un cil et me regardait avancer vers lui en fronçant les sourcils.

— Allez, on bouge. J'ai feint un début de gastro et si mon patron me voit en ta compagnie, il va se demander ce qui se passe.

J'ai empoigné Mathis par le coude et l'ai entraîné vers la sortie.

Mathis souriait. Visiblement, il était heureux de mon initiative.

— OK. Où on va ?

— On va profiter de tes dernières heures en sol québécois !

Solange et Charles ont été emballés par le programme. Ils n'ont manifesté qu'un seul bémol : la fin de session. Solange a proposé de remettre au lendemain la fête qu'on pouvait faire aujourd'hui pour mieux nous consacrer à nos travaux.

J'ai chigné (évidemment) et les ai traités de vieux pépères bougons qui ne savent pas profiter du moment présent. Je m'étais ridiculisée devant mon supérieur en prétextant un mal de cœur insupportable pour m'éclipser du terrain de la librairie pour les trois prochains jours. À l'heure qu'il était, je n'avais peut-être plus d'emploi et eux, ils ne faisaient que s'inquiéter pour leur bulletin !

Mathis s'était rangé de leur côté.

— Ça me permettrait de faire mes valises. Et de dire au revoir à mes vieux.

On s'était donc séparés, en se donnant rendez-vous à la même heure le lendemain.

Je m'étais rendue chez moi, l'âme en peine.

Je me demandais ce qui était pire : l'ambiance de murs blancs de mon appartement ou celle trop effervescente de la librairie.

J'ai regardé les heures passer, tantôt enfouie dans les coussins de mon canapé, tantôt figée devant mon ordinateur. Mon corps et mon cerveau boudaient la fin de session.

J'ai donc été la première à me présenter au rendez-vous. J'aurais passé la nuit dehors à les attendre, si on n'avait pas été au beau milieu du mois de décembre.

Ils ont fini par arriver. Cernés et épuisés, mais ravis de leur initiative.

— Maintenant, ça nous fait deux trucs à célébrer : la fin officielle de notre troisième session au cégep et le départ de Mathis !

C'était drôle : ni l'un ni l'autre ne me soulevait d'euphorie.

Je me suis contentée de grimacer lorsqu'ils se sont enquis de mes travaux. Mathis a tiqué, mais n'a émis aucun commentaire.

On a rapidement établi une liste des bars de Montréal. Ceux qui avaient jovialement pimenté notre première année de cégep étaient en tête de liste.

On a cependant déchanté à la vue des prépubères et de leur fausse carte d'identité. La musique était insupportable. Les filles, trop décolletées. Les gars, poisseux. On était âgés d'à peine une ou deux années de plus qu'eux, mais on trouvait qu'une décennie de maturité nous distinguait. On a donc rapidement bu nos verres dilués à l'eau d'égout, et on s'est précipités dans le premier dépanneur. On a fait provision de vins de mauvais cru et de bières commanditaires, et on est allés s'enfermer dans mon minuscule deux et demi avec la ferme intention de mener la vie dure aux autres locataires de l'immeuble.

À minuit et demi, on dormait tous à poings fermés.

C'est cela qu'elle fait, la maturité. Elle nous vieillit prématurément.

Au déjeuner le lendemain matin, on a ri de notre décrépitude. Et on a juré de se reprendre. On a décapsulé quatre bières et on a porté un toast (en bonne et due forme) au départ de Mathis.

La première gorgée est passée de travers. Je ne sais pas si c'était dû à l'heure matinale ou aux secondes qui s'égrenaient de plus en plus vite vers le démantèlement de notre quatuor.

Pour souper, le lendemain soir, Solange nous a emmenés dans un restaurant allemand, qui nous a coûté la peau

des fesses en bières du pays et en avertis-
sements. Les blagues salaces de Charles sur
la saucisse Bauernwurst étaient à se rouler
par terre. Le propriétaire essayait de nous
faire baisser le ton entre chaque service,
nous refilant en douce des *shooters* de Stroh
pour tenter de se faire copain avec nous.
Ces délicates attentions ont eu l'effet
contraire sur notre bonne humeur, et au
dessert, on chantait *Staying Alive* avec le
cuisinier.

À cinq heures vingt-trois du matin, je
me déchaînais sur la piste de danse d'un
after-hour quelconque de la rue Saint-Denis.
On était bien, tous les quatre, à s'éclater au
son d'une musique techno insistante.

Quelques minutes plus tard, Mathis
nous faisait ses adieux. Son avion décollait
quelques heures plus tard et il devait passer
chez lui avant, récupérer ses valises. Je l'ai
suivi jusqu'au vestiaire.

Je l'ai regardé endosser son manteau.
Son départ me restait coincé dans la gorge.
J'ai toussé pour tenter de dissiper mon
malaise.

Il a fini par s'approcher. Je l'ai devancé dans les banalités d'usage qui précèdent les au revoir.

— Tu as mauvaise mine.

Il a ri.

— Je me demande pourquoi. Mon corps est constitué à soixante-dix pour cent d'alcool et fonctionne sur une réserve de sommeil d'à peine deux heures.

Je l'ai fait taire d'un geste de la main.

— Tu n'auras que ça à faire pour les six prochaines heures : dormir au-dessus de l'Atlantique. Tu vas arriver frais et dispos en Europe.

— Ben oui... On dort bien dans un avion, encore...

On souriait, tous les deux.

Moi, poliment. Lui, réellement.

J'étais fourbue et n'arrivais pas à être sur la même longueur d'onde que lui par rapport à son voyage. Peut-être parce que j'avais cette désagréable impression de rester derrière, alors que lui, il allait de l'avant.

Et un temps des fêtes sans mon meilleur copain à mes côtés s'annonçait aussi plaisant qu'un film d'horreur.

Mathis m'a caressé furtivement la joue.

— Bye, ma belle. Prends soin de toi.

— Toi aussi.

— Je te ramènerai un bibelot de la tour Eiffel.

Je l'ai menacé du doigt.

— T'es mieux pas.

Il continuait à me fixer. Plus longtemps que nécessaire. L'air grave, il m'a répété de prendre soin de moi. «Sérieusement, là.»

J'ai baissé les yeux.

— Je ne fais que ça. T'inquiète.

Il était mal à l'aise tout d'un coup.

— Je sais que... que ça va peut-être te paraître... stupide, mais...

Et puis, son regard : différent, soudainement. Plus dur. Plus inquiet.

Qui appréhendait. Qui lisait en moi. Qui me comprenait, malgré tout.

— Promets-moi d'être là. Quand je vais revenir. OK?

J'ai baissé les yeux. Honteuse, peut-être. De ne pas m'être confiée à lui davantage. Reconnaissante, aussi. De son silence, de sa patience, de sa confiance.

— Et rappelle-toi que je suis toujours là. Peu importe le sujet, peu importe l'heure. Tu m'écris ou tu m'appelles.

— Pff! Si tu penses que je vais m'endetter avec des appels interurbains!

— Ah, eh bien, si tu préfères, il y a une option moins dispendieuse: tu découvres l'identité de ton admirateur secret et tu passes tout ton temps libre avec lui. Et quand je dis «tout ton temps libre»...

Mathis a fait un geste pour exprimer plus en détails ce qu'il insinuait par là. Je lui ai administré un léger coup sur l'épaule.

— Mathis! Franchement...

— C'est un des meilleurs remèdes contre la dépression! Je t'assure. J'en suis la preuve vivante. C'est quand la dernière fois où tu m'as vu malheureux ? Hmm ?

Effectivement, il y avait un bail que je n'avais pas vu Mathis dans cet état.

Je lui ai donc promis de considérer la chose.

Il a enroulé son foulard autour de son cou et a enfilé ses mitaines.

On s'est serrés une dernière fois dans nos bras, puis il a disparu dans la cohue des consommateurs qui faisaient la file pour entrer dans l'établissement et la rafale de vent que la porte entrouverte laissait percevoir.

Je suis restée seule à l'entrée du bar.

Il me manquait déjà.

Chapitre 15

Noël est le seul jour dans l'année où j'ai l'impression que tout s'arrête.

Le temps, les gens, les commerces, les institutions. La liste de choses à faire est suspendue momentanément. On se permet enfin de ne penser à rien.

Noël est aussi le seul jour dans l'année où j'ai l'impression que tout est amplifié à la puissance dix.

Les repas, les cadeaux, les excès.

Noël est à califourchon entre l'allégresse et l'état dépressif le plus puissant.

J'aurais aimé dire que de gros flocons de neige tombaient oisivement du ciel. Que les lumières rouges et vertes qui clignotaient sur la devanture des boutiques en face de la nôtre enjolivaient la rue Saint-Laurent. Que les cantiques de Noël agrémentaient la magie de cette fameuse journée. Que les gens avaient l'air heureux, gagnés par l'euphorie du temps des fêtes.

Mais il n'en était rien.

Il y avait eu une tempête durant la nuit, et rien n'indiquait que les rues allaient bientôt être allégées de ce fardeau blanc. Les rares clients qui entraient dans la librairie râlaient contre Dame Nature et le petit Jésus qui avait décidé de naître à cette période-ci de l'année. Ils râlaient encore plus en constatant les ravages qui avaient été faits dans notre boutique. Noël n'avait laissé que des tablettes vides derrière lui, et on attendait les commandes du mois de janvier pour rhabiller les murs. La voix de cette chanteuse franco-manitobaine qui bénissait à tue-tête le monde entier en ce jour divin tombait sur le système, même en sourdine. Les automobilistes klaxonnaient furieusement les piétons enlisés dans la neige. Ces derniers leur répondaient avec des doigts d'honneur ou des grossièretés qui auraient fait fausser de honte cette superstar en devenir qui s'époumonait depuis la mi-novembre sur toutes les radios montréalaises.

Les deux coudes appuyés au comptoir, je contemplais ce beau tableau féerique en me disant que la période des fêtes était la plus chouette de l'année.

Presque ex æquo avec les vacances estivales.

Mon directeur adjoint est venu s'installer à mes côtés, et a considéré la *main street* et ses déboires du même œil terne que moi. J'en étais sûre rien qu'à écouter ses soupirs.

— Tu veux partir plus tôt?

J'ai jeté un œil à l'horloge mural. Quinze heures trente.

Ça faisait un bon quart d'heure déjà que les consommateurs se faisaient plus rares. La plupart devaient être rendus dans leur famille ou chez des amis. En train de siroter des *cosmopolitans*, en tenue de soirée, sur le bord d'une télé qui reproduisait à merveille les flammes d'un feu de foyer.

Est-ce que je voulais partir plus tôt?

Non. Pas vraiment.

Pour faire quoi, de toute façon? Avoir le loisir d'être dans ma famille encore plus longtemps que nécessaire? Souffrir cette fête religieuse en leur présence? Ne pas avoir d'autres options que d'être avec eux? Me sentir obligée? Parce qu'il ne faut pas passer les fêtes seule?

Tout comme les anniversaires. Il faut tout organiser et préparer, réserver et appeler tout le monde. Parce que s'il y a une journée dans l'année où l'on doit nécessairement être entourée, c'est à sa fête.

Je déteste Noël.

Je déteste mon anniversaire.

— Je peux rester?

Michel s'est contenté de sourire en acquiesçant de la tête et m'a laissée seule, à contempler bêtement les allées et venues des passants devant la vitrine du magasin.

Je pensais à Mathis et me demandais comment il se débrouillait là-bas. Comment il appréhendait les fêtes, en solitaire. Et comment il entrevoyait la prochaine session, à Paris.

Parce que la mienne, à Montréal, s'annonçait aussi triste qu'un CD de Noël qui prenait de la poussière sur les rayons d'une bibliothèque en plein mois de juillet.

SECONDE PARTIE

Session d'hiver

Je vais sortir enfin dans la plus froide des journées, mettre mes pieds dans les traces qu'hier a oubliées. Je vais me brûler la gorge à respirer l'hiver, m'assécher la voix pour plus m'entendre regretter quoi que ce soit. J'ai passé tout l'automne à enterrer ma vie pour qu'elle repousse au printemps, plus belle et moins fragile aussi.

Nicolas Huart, *Aucune tempête ou nostalgie*

Les cahiers narcissiques

Ça va prendre tout mon petit change pour que je remette les pieds au cégep cette session-ci.

Rien ne me donne envie d'y retourner.

Ni la première neige de l'année, ni l'après période des fêtes, ni le vide que Mathis a laissé derrière lui. Et surtout pas les résultats qui m'ont été attribués pour mes cours à la dernière session. Parce qu'ils sont loin d'être éblouissants. J'ai même reçu mon premier C– à vie, dans le cadre du cours de monsieur Chamberland.

J'avais honte.

Et puis retourner sur les bancs d'école après les vacances de Noël relève d'une force surhumaine. Parce qu'on ne peut même pas qualifier cela de vacances. C'est une pause aguicheuse de trois minuscules semaines, dans laquelle on doit courir d'une réception à l'autre, d'un cadeau à l'autre, d'une embrassade à une autre, d'un microbe à un autre...

Je n'ai même pas eu le temps d'ouvrir un bouquin.

Hier, à la librairie, je me suis mise à angoisser devant toutes ces piles de volumes qu'on recevait à la tonne pour combler le trou des fêtes. Et si je n'avais pas assez de toute ma vie pour les lire ? Et si je perdais mon temps à l'école ?

Une urgence de vivre s'est emparée de moi. L'envie de tout dévorer.

M'enfouir sous une tonne de couvertures jusqu'au printemps, et me gaver de littérature. Rester chez moi, et lire. M'offrir une hibernation littéraire.

La totale !

C'était un programme qui m'exaltait un peu plus que m'habiller, affronter le froid du mois de janvier et des suivants, stresser pour les travaux et me plier aux exigences des profs.

Est-ce qu'il arrive un moment dans notre vie où on fait ce qu'on veut ?

Chapitre 16

La veille de la rentrée des classes.

J'ai passé un coup de fil à Solange.

Erreur monumentale.

— So, je ne retourne pas au cégep. Je vais lire, à la place.

— Tu vas lire?

— Oui.

Il y a eu un silence à l'autre bout du fil.

J'avais pris la peine de mûrir cette décision. Je me suis dit que si ma liste scolaire imaginaire ne réussissait pas à m'emballer, peut-être qu'une liste littéraire concrète y parviendrait.

— OK... Tu vas lire quoi?

— Je pensais m'attaquer à Kundera dès le départ. D'ici la Saint-Valentin, je me dis que je devrais avoir terminé de lire son œuvre. Du moins, les romans les plus importants. Ensuite, probablement Marguerite Duras, Amélie Nothomb, Gaston Miron, Anne Hébert, Franz Kafka...

Je n'ai pas eu le loisir de poursuivre mon énumération bien longtemps.

— Laure... LAURE!!! À quoi tu joues, là?

— À quoi je joue? Oh... T'en fais pas. Ce n'est pas nécessairement dans cet ordre-là que je vais les lire. Je pensais aussi alterner entre les auteurs. Je ne me suis juste pas encore branchée sur la marche à suivre, c'est tout.

— Tu n'es pas sérieuse?

— ...

— Tu ne vas pas me faire ça?

— Tu vois, au contraire... Je crois que c'est plutôt à moi, que je fais ça.

— Tes parents? Ils en pensent quoi?

— Ils sont très enthousiastes. Ils pensent que c'est l'idée du siècle.

— ...

— Oh, non! Ne me sert pas ce petit silence éloquent! J'ai dix-huit ans. Jusqu'à preuve du contraire, je paie mon cégep. Je paie mon loyer. Je fais donc ce qui me plaît. Je ne leur dois rien.

Le manque de courage?

L'habitude?

La culpabilité?

Je n'ai pas encore mis le doigt sur ce qui m'a poussée à poursuivre mes études.

À m'engloutir davantage dans mon calvaire.

Chapitre 17

Je me suis levée tard. Aux environs de onze heures.

Le soleil était éblouissant et faisait de drôles d'effets spéciaux avec la poussière de mon appartement.

Malgré mon discours, j'avais donc choisi de retourner au cégep et à ma plus grande surprise, j'avais survécu à ma première semaine de cours sans m'évanouir. Il faut dire aussi que j'avais sélectionné les cours auxquels je voulais bien me présenter. Je n'ai pas mis les pieds dans ceux auxquels Solange était inscrite. Je la boudais.

Quant au reste des mes cours, j'y ai figuré en parfaite automate. Je m'asseyais devant l'enseignant sans prendre la peine d'enlever mon manteau ou de sortir mes livres de mon sac. J'assistais aux présentations des plans de cours, sans plus. Le dos droit, les jambes croisées et les yeux suivant le va-et-vient de l'enseignant qui papotait en avant. C'était tout ce que j'avais à offrir pour le moment.

Aujourd'hui, c'est lundi. Ma seule journée de congé de la semaine. Je n'avais pas à me présenter au cégep, ni à l'Incipit. Dès mon lever, je me suis traînée de la cafetière à mon ordinateur, dans mon vieux pyjama usé jusqu'à la corde.

Mathis m'avait écrit.

«Allô, ma belle.»

Première petite flèche, décochée habilement en plein milieu de mon ennui terrible de lui.

«J'espère que tu t'es bien remise de notre fin de session et du temps des fêtes.»

J'ai perçu son ton moqueur, même s'il se trouvait à des litres et des litres d'eau de moi. Il savait trop bien qu'un temps des fêtes, sans lui à mes côtés, n'avait rien de festif.

«As-tu reçu d'autres cadeaux de ton mystérieux admirateur?»

J'ai fait une moue. Je n'y pensais plus, depuis un temps. Merci, Mathis, de me le rappeler.

«Pour ma part, si ça t'intéresse, sache que je suis bel et bien arrivé en vie – et frais et dispos, de surcroît! – dans la Ville Lumière. Merci de ta considération.»

Je n'avais pas encore eu l'énergie pour lui écrire.

Bon d'accord, l'envie.

«J'ai passé un temps des fêtes assez merdique. Le dépaysement n'a rien changé à cet événement. Noël, ici ou au Québec, demeure une fête vide de sens.

Les classes ont débuté la semaine dernière. Les cours sont prometteurs, pour la plupart. L'un d'entre eux porte sur la génétique littéraire. On va aborder la démarche créative d'Hugo et de Baudelaire. T'aimerais, je crois.

Sinon, pour le reste, ça va. Faut s'habituer à la vie sur le campus. Ma chambre à la résidence est minuscule. J'entends ma voisine de palier s'envoyer en l'air avec un chargé de cours de la faculté des lettres. Les ai croisés un matin. On s'est suivis jusqu'au même pavillon. Ça m'a pas mal amusé de les voir faire comme si de rien n'était. Le genre de situation dont tu te serais délectée.»

Oui, tu parles!

«Et toi? Comment se porte ta *crise existentielle*? Elle ne te gâche pas trop le début de session? Est-ce que tu as rencontré quelqu'un? Pour discuter de ce que tu vis? Pour t'aider à te démêler?

Je voulais te dire... J'ai peut-être été maladroit dans tout ça. Je t'ai peut-être provoquée là où il aurait mieux fallu que je me la ferme. (Pour une fois!) C'est juste que... J'avais peur que tu t'emmures là-dedans. Que tu te coupes du reste du monde pour ruminer tout ça, en solo avec ta tête de pioche. Comme tu as pris l'habitude de faire. Toute seule. Comme une grande.

Ce que je veux te dire, ma belle, c'est...

N'aie pas peur d'aller au bout de tout ça. Prends le temps de le vivre, ce calvaire-là. Même si c'est pénible, par moments. Même si ce n'est pas évident, et que tu as l'impression, des fois, qu'il serait plus simple de panser ça au lieu d'ouvrir la plaie constamment. Il n'y a pas de mal à s'interroger. Il n'y a pas de mal à se chercher. Et je pense que si toutes les joies sont bonnes, toutes les douleurs aussi le sont. Aie seulement le courage de les affronter.

Et c'est là, je crois, qu'une aide extérieure peut t'être bénéfique. Je sais ce que tu penses de tout ça. Je sais que tu ne portes pas les psys en très haute estime. Mais... fais confiance. Apprends à faire confiance. Des fois, il nous faut de l'aide pour nous obliger à regarder nos peurs en face. Et pour nous tenir la main afin de ne pas fuir devant elles.»

J'ai relu son courriel deux fois.

J'ai fini par jeter mon café, sans en avoir pris une seule gorgée.

Il était complètement froid.

Chapitre 18

— Risque pas de remporter un concours de beauté.

— Pardon ?

J'ai levé les yeux de la revue que je manipulais depuis un bon moment déjà. L'étudiant qui se trouvait en face de moi était en train de retirer son manteau. D'un coup de menton, il m'a indiqué la mannequin de Revlon à qui j'étais en train de redessiner courbes, yeux et autres attributs.

— J'ai dit : « Elle ne risque pas de remporter un concours de beauté. »

J'ai contemplé mon œuvre. Je trouvais qu'au contraire, les retouches traditionnelles que je lui avais faites - lunettes,

moustaches, cornes et queue de diable –
l'embellissaient un peu.

— Qu'est-ce qu'elle t'a fait?

J'ai relevé de nouveau les yeux vers
l'inconnu. À partir de quel moment étions-
nous devenus des intimes, lui et moi?

— Elle me narguait du haut de ses
talons hauts.

J'ai refermé la revue en envoyant un
sourire terne à mon nouvel ami.

Il me dévisageait, plutôt amusé.

— Je suis Norbert.

J'ai fixé la main qu'il me tendait, sans
réagir. Puis, d'un ton égal, je lui ai transmis
mes félicitations.

Il a éclaté de rire.

— Tu sais... Il existe des conventions
entre les humains. Quand il s'agit de se
présenter l'un à l'autre...

J'ai marmonné:

— Ah bon? Pas au courant...

— LAURE!!!

Solange a déboulé à mes côtés, suivie de Charles. Norbert semblait un peu trop se délecter de la situation, puisqu'il m'a murmuré un «Enchanté, Laure.» qui était loin de me ravir.

— Tu n'as pas reçu mes messages? Je t'en ai laissé au moins vingt dans ta boîte vocale. Tu m'as vraiment fait peur quand tu as dit que tu ne reviendrais pas en classe. Pour un instant, j'ai vraiment cru que tu allais mettre ton projet à exécution.

J'ai serré les dents.

— Je l'ai reporté à plus tard; je ne voulais pas que tu t'ennuies.

— Pardon?

Je voyais Norbert, assis dans la rangée devant nous, porter une trop vive attention à notre échange. Et Charles me fixait d'une drôle de façon. Comme un psychiatre qui évalue la santé mentale de sa patiente.

Avec lui, ça aurait été l'aller simple pour l'internement.

J'ai reporté mon regard sur Solange.

— J'ai dit que je blaguais. Quand je t'ai parlé au téléphone, lundi.

Les cahiers narcissiques

Le courriel de Mathis m'a laissé un goût amer que même le dentifrice ne réussit pas à chasser. Je jongle avec les mots qu'il m'a écrits.

Je n'ai jamais autant senti la distance entre deux êtres humains. Son quotidien n'a plus rien à voir avec le mien. Ses préoccupations ne sont plus les mêmes. Il a définitivement abandonné mon navire en me laissant seule aux commandes.

Savoir qu'il est là-bas, gonflé à bloc d'un courage que je n'ai pas, d'une ambition que je ne connais pas, me laisse encore plus maussade que jamais. J'ai la désagréable impression de le regarder s'éloigner, les pieds liés par mon petit casse-tête personnel. Lui, au moins, a la force d'aller brasser sa vie ailleurs. Alors que moi, je m'empêtre dans les mêmes tiraillements en n'étant même pas foutue de modifier mon fond sonore ou de changer de décor. Je prends mes aises dans mon inconfort.

Je me laisse étouffer.

Et puis avec Murielle que je n'ai pas vue depuis la fin de la dernière session... J'ai comme une impression d'abandon au travers de la gorge.

Chapitre 19

S'il n'en avait tenu qu'à moi, j'aurais volontiers prolongé mon congé d'école. Mais les épithètes de « grande paresseuse », « flanc-mou » et « cancre » dont m'a affublée Solange au téléphone m'ont fait mettre cette idée de côté.

— Ce n'est pas le temps de flancher. Secoue-toi un peu, Laure.

Je me suis donc présentée au local où se tenait mon cours de *Cinéma et société* pour y rejoindre *Hitler* et Charles. Mes cernes et mon humeur passaient inaperçus. Je les avais enfouis sous une tonne d'inertie.

À la fin du cours, tout ce qui préoccupait Solange, c'était ce foutu travail d'équipe qu'on n'avait même pas encore commencé. Moi, c'était manger un morceau et retrouver l'agrément de mon logement.

— Ouais... Il a le sens du *synchronisme*, Mathis. Débarrasser le plancher à la quatrième session de notre DEC. On faisait une équipe du tonnerre l'année dernière dans le cours de Trudeau. Là, on va flancher. C'est sûr. On va se retrouver avec un minable qui ne saura pas faire la différence entre un film de Cronenberg et un de Soderbergh.

Une voix derrière nous s'est élevée.

— Le premier a réalisé *Dead Ringers* et le second, *Traffic*.

On s'est tous retournés vers l'intrus.

C'était Norbert. Mon nouveau meilleur ami.

— Tu sais que ce n'est pas bien d'écouter les conversations ?

Un petit sourire en coin est apparu sur ses lèvres. Il continuait à enfiler son blouson, comme si de rien n'était, nullement impressionné par les trois regards appuyés qui pesaient sur lui. Sa voix était grave et posée lorsqu'il a repris la parole.

— Si je n'avais pas écouté, vous n'auriez jamais trouvé le partenaire idéal pour effectuer ce travail d'équipe.

Solange s'est tournée vers Charles et moi.

— Sans prétention, intelligent, calé en cinéma. Ce sont des qualités que j'admire chez un coéquipier. Pas vous?

— Et puis, j'ai étudié l'esthétique de Haneke il y a un an.

Le baratin de Solange a cessé immédiatement.

— Quel cours?

— *Psychose et cinéma.*

— Le prof?

— Viger.

— Note finale?

— A. J'avais remis mon travail avec deux jours de retard.

Solange était impressionnée malgré elle. Je connais Paul Viger de réputation, et terminer l'un de ses cours en vie et avec une note plus haute que B− tient du miracle.

— On ne peut quand même pas te laisser intégrer le clan aussi facilement. On a terminé la session avec un A+ l'année dernière avec Trudeau, tu comprends ? La barre est aussi haute, sinon plus cette session-ci.

— Plus haute que A+ ?

— Avec ce prof-ci, tout est possible. Nomme trois films de Haneke.

Notre futur candidat à la succession de Mathis a débité, sans aucune hésitation :

— *La pianiste. Caché. Funny Games.*

— Trop facile. De quelle nationalité est-il ?

— Solange...

Je suis intervenue. Je commençais à en avoir marre de l'interrogatoire. Mais Norbert semblait vouloir gagner la partie contre Solange à tout prix.

— Il est allemand.

— C'est bon. On le prend.

J'ai fait part de mon enthousiasme sur un ton caustique :

— Super. On peut y aller ?

Solange m'a sèchement rabrouée.

— Qu'est-ce que tu as, toi, aujourd'hui ? Non, je reformule. Qu'est-ce que tu as depuis le début de la session ? C'est le fait que Mathis se soit poussé à Paris qui te met dans cet état-là ? Est-ce qu'on va avoir droit à ce traitement de faveur pour les treize prochaines semaines ou tu vas prendre tes Prozac bientôt ?

J'ai grimacé.

— Tu es chiante, So.

— C'est rien à côté de toi. Sérieusement, qu'est-ce qui t'arrive ? C'est Mathis ou... ?

— C'est rien. J'ai besoin de bouger. On va manger ?

Il fallait que j'apprenne à me méfier du «on».

Parce que Norbert a cru que celui employé dans mon «On va manger?» l'incluait.

J'entendais Solange et Charles discuter cinéma devant nous. Je leur en voulais de me laisser toute seule derrière avec lui. Je n'avais aucune envie de défrayer les coûts d'une conversation avec un pur étranger.

Pourtant, il ne semblait nullement décontenancé par mon indifférence.

— Tu les connais depuis combien de temps, Solange et Charles?

J'ai tout de même fait un effort pour ne pas le laisser patauger seul.

— Depuis le secondaire. On est tous allés à la même polyvalente. Avec Mathis.

J'allais dire «Celui que tu remplaces.», mais je me suis retenue. Il n'avait pas à payer pour ma mauvaise humeur.

Mon mauvais état.

— Celui qui est à Paris, présentement?

J'ai hoché la tête de haut en bas.

— Quand est venu le temps de s'inscrire au cégep, on a tous présenté une demande au même collège. Eux – j'ai désigné Solange et Charles du menton –, ils se sont alignés pour Arts et Lettres, profil communication, et Mathis et moi, pour Arts et Lettres, profil création littéraire. Depuis le début de nos programmes respectifs, on se croise dans des cours de cinéma ou de littérature. Ça dépend des sessions. Cette session-ci, c'est *Cinéma et société*.

Il y avait pas mal de piétons à cette heure-ci sur Saint-Denis. C'était difficile de tenir une conversation en se faufilant parmi eux.

— Ils sortent ensemble?

— Qui? Solange et Charles?

Il a fait oui de la tête.

— Non. Pas encore.

— Et toi?

— Moi, quoi?

Il a contourné deux étudiants qui s'étaient arrêtés au beau milieu du trottoir.

— Tu es avec l'autre gars ? Mathis ?

Je lui ai lancé un regard de travers.

— Non. On est amis.

— Parce que Solange tout à l'heure a dit que tu n'agissais pas comme d'habitude depuis qu'il était là-bas...

J'ai respiré un grand coup.

Pas que cela le regardait...

— Si Mathis était ici présentement, il m'enverrait des signaux pas très subtils pour que je vous laisse seuls, tous les deux.

Norbert a ri.

— Je serais son style ?

Je l'ai détaillé.

— Probablement. Tu as une queue entre les jambes. La plupart du temps, ça lui suffit.

Norbert s'est esclaffé.

— Et toi ?

— Et moi, quoi ?

Je me suis excusée auprès d'un passant que j'avais bousculé.

— Je serais ton style ?

J'ai rougi.

— Je n'en ai pas, de style.

C'est ce que Solange ne cessait de me répéter.

On était arrivés à une intersection. Les deux férus de cinéma continuaient de s'obstiner devant nous, ne se préoccupant nullement de la discussion qui se déroulait dans leur dos.

J'aurais vraiment aimé que Solange me lance une boutade.

Et que le feu tourne au vert plus rapidement.

Et que Norbert cesse de me dévisager.

Et qu'il ne m'ait pas posé de questions à propos de mon style.

J'ai un peu gigoté sur place.

— Et toi ? En quoi tu étudies ?

On a enfin traversé la rue.

— Arts plastiques. Dernière session.

— Tu as des projets ? Pour la suite ?

— Euh… Je ne sais pas encore. Je n'ai pas défini tout à fait ce que je voulais faire après mes études.

— Un bac ?

Il a fait une moue de dégoût.

— Non. Pas pour l'instant. J'en ai ma claque des études.

J'ai esquissé un sourire compatissant.

— Pour le moment, j'ai des petits contrats. Et je vais exposer bientôt. Mon tout premier vernissage. Je vous inviterai, si vous voulez.

Il a fait un geste de la main, pour englober Solange et Charles.

J'ai hoché la tête, par politesse.

Norbert a continué.

— Je vends des toiles aussi de temps en temps. Ça aide. Et puis, j'ai un *side-line*, quand même.

— Quel médium ?

— Tu t'y connais ?

— Pas vraiment. Je fais la conversation.

Solange s'est tournée vers nous en entendant Norbert s'esclaffer. Il a fini par les énumérer en faisant fi du regard de Solange.

— L'huile, l'acrylique, le fusain, le pastel... À peu près n'importe quoi.

— Et ton *side-line* ?

— Ce n'est pas grand-chose pour le moment. Je suis serveur, dans un café, pas très loin. Les pourboires sont bons. On y rencontre pas mal de gens intéressants. Et les proprios permettent aux artistes d'exposer leurs toiles sur les murs. Ça rend l'ambiance pas mal inspirante.

— Pourquoi tu n'exposes pas tes toiles à ton travail ?

Il s'est tu, en amorçant un petit sourire pincé.

— Ce que je fais ne cadre pas vraiment avec le style de l'établissement...

— Quoi? Ton créneau, c'est plus le gothique noir, violent, sanglant et méphistophélique?

— Tu es en littérature, toi, hein?

On a rigolé tous les deux. Mais on a bien vite été interrompus par Solange.

On était arrivés au Petit Victor et elle se tenait devant la porte, nous empêchant d'entrer.

— C'est bien de te voir rire, Laure. Ça fait changement. Mais il ne faudrait pas laisser votre belle camaraderie entacher notre esprit d'équipe, n'est-ce pas? On est venus ici pour manger un morceau, c'est vrai. Mais on veut aussi voir si Norbert est à la hauteur de notre espérance.

Puis, se tournant vers notre nouveau coéquipier :

— Norbert, ne nous fais pas regretter de t'avoir inclus dans l'équipe. OK?

Solange est entrée.

Je me suis tournée vers Norbert.

Il faisait une drôle de moue. Comme s'il était mal à l'aise.

J'ai cru que c'était à cause du commentaire de Solange.

— Il est encore temps de te trouver d'autres partenaires, si tu veux. Parce que je vais être honnête avec toi : tu n'as encore rien goûté de son tempérament.

Il a fait non de la tête.

— Non, ça va. Solange ne m'inquiète pas.

Il a ouvert la porte et m'a fait signe d'entrer. J'ai obtempéré, en me demandant ce qui pouvait bien le tracasser, alors.

J'ai eu ma réponse quelques secondes plus tard.

On venait tout juste d'enlever nos manteaux et de prendre place à la table quand un serveur s'est dirigé vers nous, un grand sourire aux lèvres.

— Norbert ! Quel bon vent t'amène, mon vieux ? Tu viens remplacer Nina ?

Notre nouveau coéquipier et le serveur s'échangeaient une solide poignée de main sous nos regards étonnés.

— Non, je viens luncher avec des nouveaux camarades d'équipe.

Puis, en croisant le regard plutôt rude de Solange, il a ajouté :

— En fait, ce ne sont pas encore officiellement mes nouveaux camarades d'équipe. Ce point reste à confirmer.

Le serveur, n'ayant visiblement rien entendu de son discours, a grimacé à la vue des clients qui ne cessaient d'apparaître à la porte d'entrée.

— Dommage. On aurait bien eu besoin de tes services. Nina est malade et ça entre à la pelle depuis midi.

Le serveur désignait le reste du café d'un mouvement de la tête.

Norbert a ébauché un petit sourire contrit :

— Désolé, Nico. Je me contente de faire bonne impression, ce midi.

Le Nico en question retirait justement un chiffon de la ceinture de son tablier pour essuyer rapidement notre table.

— Pas grave. On va se débrouiller sans toi. Puis, en jetant un regard à la ronde : Ne soyez pas trop exigeants avec le serveur, cependant. Il fait son possible. Je repasse dans cinq minutes prendre votre commande. Ça vous va ?

Nous avons tous acquiescé et Solange a attendu qu'il se soit éloigné pour se pencher vers Norbert.

— Comme ça, tu travailles ici ? On va peut-être pouvoir obtenir des cafés gratos dans ce cas-là, non ?

— Solange...

Devant le silence embarrassé de Norbert, j'ai cru bon intervenir avant que Solange aille s'imaginer des lunchs gratuits à profusion, juste parce qu'elle était dans la même équipe que lui.

Je me suis tournée vers Norbert en excusant mon amie.

— T'en fais pas. C'est pareil avec moi. Des fois, je me demande si elle est réellement mon amie ou si elle veut tout simplement profiter de mon trente pour cent de réduction à la librairie où je travaille.

Sans détacher ses yeux du menu, Solange a rétorqué :

— Laure, franchement. Tu sais bien que c'est pour ta bonne humeur et ta joie de vivre que je me tiens avec toi.

J'ai encaissé le coup sans broncher.

Je ne voulais pas voir la pitié dans les yeux de Norbert, après ce joli commentaire à mon endroit. Alors je me suis mise à étudier les tableaux aux murs de l'établissement. Depuis le temps où on se rejoignait au café, ça me surprenait de n'avoir jamais pris le temps de regarder la décoration.

Il y avait plusieurs tableaux de fleurs, de charmants cottages dans des environnements bucoliques et des chiots aux regards enjôleurs. Je me disais qu'effectivement, si Norbert faisait dans le sanguinolent, il se pouvait fort bien que le propriétaire lui refuse une place sur ses murs.

— Ça fait longtemps que tu travailles ici?

Norbert a fait mine de réfléchir à ma question.

— Six ou sept mois, peut-être.

Solange avait terminé de consulter le menu et me le tendait par-dessus la table.

— C'est étrange qu'on ne t'ait jamais croisé auparavant, non? On est toujours rendus ici durant la semaine.

Norbert s'est contenté de hausser les épaules.

— Je ne sais pas, je ne pourrais pas te dire. Il y a tellement un va-et-vient continu ici. C'est difficile de remarquer les habitués de la place. Et puis, à part quelques remplacements de temps en temps, je bosse pas mal juste les jeudis et vendredis soirs. Et les fins de semaine.

Norbert se tenait droit sur la banquette où il était assis, les mains sur les genoux.

J'hallucinais ou son regard m'évitait?

Chapitre 20

— Laure, franchement.

Michel est passé derrière moi et m'a retiré des mains les exemplaires de *L'amour dure trois ans* de Beigbeder que je m'apprêtais à placer en vitrine.

— Quoi?

Je l'ai regardé remettre mon idée de génie en section. D'une voix monocorde, il m'a balancé :

— On essaie de faire un étalage de Saint-Valentin, pas de séparer des couples.

J'ai répliqué, en brandissant un des exemplaires du livre sous son nez :

— Mais *c'est* un roman d'amour !

Il m'a gratifiée d'un regard cinglant avant de se diriger vers la caisse.

J'ai repris ma prospection entre les rangées de la boutique en me traînant les pieds. Cette fête m'inspirait autant que Noël et les vacances estivales. Toutes les idées que je soumettais étaient systématiquement refusées les unes après les autres. *Anatomie des passions* faisait trop intello; *Adieu la vie, adieu l'amour* dégageait un petit quelque chose de mélodramatique qui faisait tiquer Michel; *L'Amour au jardin*, un bouquin sur la flore, n'avait pas sa place en plein mois de février; *100 recettes Montignac pour protéger votre cœur* était hors propos, malgré le mot « cœur » dans le titre; *Dressage tendresse* laissait Michel perplexe; *Le Dictionnaire amoureux du tour de France* m'a valu un rire condescendant; et pour *Sentiments à l'ère du capitalisme*, il m'a dit : « Est-ce qu'il va falloir que je m'en occupe moi-même ? »

J'ai donc continué à flâner du côté de la psycho pop, des sciences sociales et des essais littéraires en ne trouvant rien d'intéressant. Finalement, devant le rayon des livres *Amour et passion*, je me suis dit: « C'est dans la poche. » J'ai empoigné une demi-douzaine de *L'appel de la tendresse*, *À jamais conquise* et *Les diadèmes de l'amour*. J'ai déposé le tout de façon très harmonieuse dans l'espace réservé à notre spécial Saint-Valentin et j'ai fait signe à Michel que je m'en allais en pause.

J'ai à peine eu le temps de déposer mes fesses sur une chaise qu'il a surgi dans la salle des employés en brandissant *Le chant de la louve* sous mon nez. Je ne lui ai même pas laissé le temps de placer un seul mot.

— C'est rouge. C'est cucul. C'est *cheap*. Il représente à lui seul tous les symboles de cette fête merdique. Qu'est-ce que tu veux de plus ?

Il a ouvert la bouche, mais s'est ravisé à la dernière seconde. Il est sorti de la pièce en faisant claquer la porte.

Quelques minutes plus tard, il en franchissait de nouveau le seuil.

— Laure, il y a quelqu'un qui te demande, en avant.

— C'est qui ?

Il a levé les bras en signe d'ignorance.

— Sais pas. Ta grand-mère.

J'ai eu un mouvement de recul.

— Ça, ça m'étonnerait. Je n'ai plus de grand-mère.

Michel a fait un geste impatient.

— On s'en fout. Il y a une aïeule en avant, qui désire parler à une jeune fille qui travaille ici. Et devine quoi? Tu es la seule employée de sexe féminin qui travaille ce soir, ce qui fait de toi l'heureuse élue pour la ramener dans son hospice.

~

J'étais contente de revoir Murielle. Elle ne pouvait pas savoir à quel point elle me faisait plaisir en venant me retrouver à la librairie. Si ce n'avait pas été de l'état léthargique dans lequel je me complaisais depuis le début de la session, je lui aurais sauté au cou. Mais compte tenu du fait qu'on se rencontrait sporadiquement dans un abri d'autobus, j'ai remballé mon euphorie.

Elle m'a expliqué qu'elle s'ennuyait chez elle. Elle tournait en rond depuis le début de la soirée et elle avait envie de se divertir. Puis, elle s'était souvenue que je travaillais dans une librairie. Elle est venue voir si je n'étais pas à mon poste, par hasard.

Elle a fait le tour de la librairie en s'exclamant devant les nouvelles éditions des classiques de son enfance et en me pointant du doigt les lectures qui l'avaient marquée. Elle m'a recommandé plusieurs titres, que j'ai pris soin de noter pieusement dans ma tête.

C'était bon de la revoir. Sa présence m'apaisait. Elle était comme une sorte de remède contre la tourmente qui m'habitait.

Elle m'a attendue jusqu'à la fermeture du magasin.

On marchait tranquillement côte à côte en direction de la cabine d'autobus quand elle m'a raconté ce qu'elle avait fait durant les dernières semaines. Elle avait passé le temps des fêtes chez son fils à

Vancouver, ce qui expliquait son absence à nos rendez-vous hebdomadaires.

— Et puis, toi? Quoi de neuf depuis notre dernier entretien?

On arrivait à l'abribus. Je l'ai laissée y entrer la première.

— J'ai terminé une session et j'en ai commencé une autre. Et entre-temps, j'ai assisté à l'exil de mon meilleur copain sur un autre continent et j'ai passé un temps des fêtes insignifiant.

Oui. Cela résumait assez bien mes vacances de Noël.

— Et puis, les cadeaux anonymes que tu recevais? Tu as réussi à en trouver l'auteur?

J'ai grimacé.

Je regrettais pour un instant de lui avoir parlé de ces épisodes. C'était décevant de devoir avouer que plus rien ne s'était passé de ce côté-là depuis la fin de la dernière session. Comme si j'avais halluciné ces cadeaux.

Pourtant, le texte était toujours à sa place, en tant que signet dans mon livre de chevet et le lys continuait de s'assécher entre les définitions de mon *Petit Robert*.

Je ne savais plus trop quoi penser de ces présents. Alors, j'évitais de trop m'y attarder. La situation était frustrante et je me disais qu'il ne me servait à rien de vouloir trop essayer de comprendre ce mystère. Il allait bien finir par se résoudre de lui-même ou se résorber avec le temps.

J'avais envie de lui dire que l'arrivée de Norbert dans mon entourage avait rallumé les soupçons. Mais je l'avais rapidement éliminé de la liste des suspects, son prénom ne correspondant pas aux initiales du texte.

Et je ne voyais pas l'intérêt de parler de Norbert à Murielle.

Alors, je lui ai tout simplement répondu que le mystère n'était pas encore résolu.

— Et l'école? Ça va?

Étrangement, elle posait le doigt sur les pans de ma vie qui laissaient à désirer ces temps-ci.

— Oui. Non. Pas vraiment.

J'ai encore haussé les épaules. Elle a conservé le silence, en attendant que j'élabore.

— J'ai de la difficulté à trouver la motivation nécessaire pour passer à travers mon DEC. J'aime le domaine dans lequel j'étudie. Ce n'est pas ça le problème. Je suis juste tannée qu'on me balance toutes ces théories et que je n'aie pas le temps des les digérer.

— Hmm. Je te comprends.

J'ai laissé fuser un rire jaune.

— Vous n'êtes pas censée faire taire mes doutes et me répéter tout le bataclan qu'ils nous sortent dans les pubs gouvernementales? «L'école, c'est important.», «Prends ton avenir en mains.», «Instruis-toi.».

Elle a brandi un doigt sous mon nez.

— Tss-tss... Je n'ai pas dit que l'école n'était pas importante. Et au contraire, je suis persuadée que si l'être humain se mettait constamment sous une forme ou une autre d'apprentissage, le monde se porterait beaucoup mieux.

Elle a pointé un doigt dans ma direction.

— Mais la personne que tu es en train de construire, c'est ça qui est important. C'est de cela que tu dois tenir compte.

Chapitre 21

— Laure?

— C'est bon. J'ai eu un petit deux minutes d'inattention, ce n'est pas la fin du monde. Je suis fatiguée...

— On l'est tous, Laure. C'est la mission pour tout le monde.

On entendait Solange grincer des dents.

— Bon, on fait une pause.

Elle s'est levée. J'ai insisté :

— Je t'ai dit que j'étais correcte. Je suis concentrée, maintenant.

Elle s'est penchée vers moi.

— Sais-tu au moins de quoi on parlait ? Non, j'ai une meilleure question pour toi : connais-tu le sujet de notre premier travail ?

J'ai baissé les yeux.

— Laure, tu n'en as pas la moindre idée. Tu te fous complètement de ce qu'on est en train de faire en ce moment.

— Je ne m'en fous pas.

— Alors, prouve-le. Fais-moi le plaisir de réintégrer l'équipe. OK ? Intellectuellement parlant, je veux dire. Tu es capable de faire ça ?

Elle a regardé Norbert et Charles à tour de rôle.

— Quelqu'un veut un café ?

Norbert a décliné l'offre et Charles s'est levé pour se rendre au petit coin. Elle n'a même pas daigné se tourner vers moi pour connaître ma réponse, alors que j'aurais eu volontiers besoin d'un renfort avec deux laits à ce moment.

J'ai passé une main sur ma figure.

Qu'est-ce que j'étais en train de faire ? Que je veuille bousiller ma session, ça me regardait. Mais Solange avait raison ; je n'avais pas le droit de les laisser tomber pour ce travail-ci. On formait une équipe. Je pouvais accumuler les C– dans mes autres cours si le cœur m'en disait, mais je ne pouvais pas faire ça à Solange, aussi chiante soit-elle.

J'allais me secouer.

Je me suis redressée sur ma chaise.

— Tu peux me rappeler sur quoi elle porte, notre dissertation ?

Je me suis mise à rassembler les papiers sur la table de salon devant moi.

Constatant que mon voisin d'en face demeurait muet, j'ai levé les yeux vers lui.

Norbert me dévisageait d'un drôle d'air.

Un regard sans gêne. Sans retenue.

C'est bête, je me suis mise à rougir.

J'étais arrivée en retard à notre rencontre. Lorsque j'avais mis les pieds chez

Solange, j'étais essoufflée d'avoir couru l'équivalent de deux stations de métro. Des mèches de cheveux collaient à mon front, qui était ruisselant de neige fondante. Je n'avais pas encore eu le temps de passer à la buanderie faire mon lavage, alors j'avais enfilé le premier chandail de laine propre qui m'était tombé dessus : un vieux tricot rouge et gris aux mailles distordues, très laid, mais très confortable.

J'étais donc toute de travers, probablement encore échevelée et je ne comprenais pas pourquoi il me fixait comme si j'étais la dernière fille sur terre.

— Quoi ? Qu'est-ce qu'il y a ?

Il continuait de me fixer, sans passer de commentaire.

J'en avais assez de me faire rabrouer. S'il voulait s'y mettre lui aussi, qu'il le fasse. Mais je voulais qu'il cesse de me dévisager comme ça. Avec plein de non-dits dans les yeux.

Moi, c'était avec les mots que je me querellais.

— C'est la nudité au cinéma.

— Quoi?

Solange et Charles ont fini par revenir.

Norbert a répété en se penchant au-dessus de la table :

— Notre sujet, c'est la nudité au cinéma.

— Alors, le nu dans la société et les arts. Quels sont vos commentaires?

Solange me faisait rire, avec son ton de maîtresse d'école. Bloc de papier en main, elle nous fixait à tour de rôle, en attente de nos réponses.

Charles a brisé le silence en premier. D'une voix monocorde, il a prononcé :

— Eh bien... Le nu renvoie à un état de nature.

Ses doigts pianotaient sur l'accoudoir du sofa. Puis, comme nous ne réagissions pas, il a poursuivi :

— Mais quoi? C'est vrai. De nature, l'être humain est nu...

Solange a pris quelques notes en maugréant :

— Nudité égale nature. C'est bon. C'est noté. Quelqu'un d'autre ?

Norbert a pris la parole.

— Nous venons au monde nu. Tous. Sans exception. La nudité renvoie à un concept d'égalité entre les hommes.

Notre secrétaire attitrée a de nouveau griffonné.

— Nudité équivaut à égalité entre les hommes. C'est beau. C'est touchant. On se croirait en plein cours de morale. Laure ?

— La nudité va à l'encontre des règles de bienséance.

Solange m'a lancé un regard ennuyé.

J'ai spécifié :

— D'ordinaire, on rencontre des gens habillés. On prend le métro avec des personnes décemment vêtues, on travaille avec des collègues qui portent des vêtements... C'est dans l'ordre des choses. Si on croise quelqu'un de nu sur notre route, c'est incongru.

Je me suis tournée vers Norbert.

— Et je ne suis pas d'accord avec le concept d'égalité. Au contraire, la nudité divise : les hommes des femmes, les vieux des jeunes, les blancs des noirs...

Norbert a riposté.

— Au contraire. Ce sont les vêtements qui séparent et qui classent. Les marques, les logos, les styles... Ils révèlent le groupe d'appartenance d'un individu et son statut social.

Solange semblait satisfaite.

— Bon, là on commence à avoir du jus...

Je me suis penchée vers Norbert en ignorant la remarque de Solange.

— Voilà, tu l'as dit. Le vêtement révèle les groupes d'appartenance. Il unit. Il forme des groupes d'êtres humains qui partagent les mêmes valeurs. Le corps nu renvoie l'homme à la bête, à son état de nature. Le vêtement, lui, dévoile un désir d'intégration, d'affiliation ou d'association. Il joint les humains entre eux. Il ne les sépare pas comme le fait la nudité.

Norbert fronçait les sourcils.

— Tu ne considères pas le vêtement comme un artifice? Un déguisement sur lequel l'être humain se fie pour aller ou non vers un individu? Le corps déguisé... C'est un fossé entre deux êtres. On se base sur quelque chose de complètement superficiel pour s'apparenter à quelqu'un. Alors qu'au fond, on peut partager le même style vestimentaire et avoir des idées, des opinions et des goûts tout à fait opposés.

Solange est intervenue avant que je n'aie pu rétorquer.

— C'est intéressant, tout ça, mais je vous rappelle que le sujet est le nu. Pas les ornements vestimentaires.

Charles a soumis une autre idée.

— Le nu crée des espaces.

Nous nous sommes tous tournés vers lui. Il a développé son idée.

— Des espaces privés. Pour se doucher, se laver... Des salles de toilette, des paravents, des chambres à coucher... Des lieux pour l'intimité.

Solange a renchéri.

— Le nu crée une distance entre les humains. On s'isole pour accomplir certains gestes intimes, qu'on pratique nu. Ou en partie...

Norbert a fait entendre son désaccord.

— Le nu ne crée pas de distance !

Charles lui a demandé :

— Tu irais à la toilette, toi, en présence d'un autre être humain ?

— Tu crois que c'est quoi, les toilettes publiques ?

— Oui, mais il y a des cloisons, pour préserver l'intimité.

— Des cloisons pour dérober le regard à la nudité, alors ?

Les têtes se sont tournées vers moi.

— Ce qui choque, par rapport à la nudité, ce n'est pas le son qu'elle fait puisqu'elle est silencieuse. Ce n'est ni l'odeur qu'elle dégage, puisqu'elle n'en a pas. C'est la vue de la nudité qui dérange.

Solange a pouffé de rire.

— Il n'y a que toi que ça dérange, un corps nu...

Je l'ai fixée quelques secondes en silence. Mon ton était plus froid lorsque j'ai repris la parole.

— Le nu choque. Il provoque. Et souvent gratuitement. Les publicistes l'utilisent abondamment pour attirer le regard du consommateur, pour l'attiser, le titiller. Le nu force le spectateur à regarder, même s'il ne veut pas voir.

Norbert ne l'entendait pas ainsi.

— Ben voyons ! Qui ne souhaiterait pas voir ça ?

J'ai ignoré son commentaire.

— Ce que je dis, c'est qu'on est entouré de nudité gratuite. On prend le métro à sept heures du matin et on attend le wagon devant une affiche du dernier parfum à la mode promu par une nymphette à moitié habillée. Hé! Je viens de sortir du lit. Est-ce qu'on peut remettre cette image-là à plus tard? Je peux être en train de manger mon petit repas congelé tranquillement devant ma télé et puis, bang! j'ai une paire de fesses dans la figure. Est-ce que j'ai demandé à voir ça? À cet instant précis de ma journée?

Charles a ri.

— Moi, je ne verrais pas d'inconvénient à dîner en compagnie d'une paire de fesses...

J'ai soupiré.

— On est envahis par la nudité. À peu près n'importe où. À n'importe quel moment de la journée. Alors qu'on vient de le dire: la nudité nécessite une intimité, un espace, un lieu, un moment. Elle demande une préparation. Elle demande d'être attendue. On tend à banaliser la nudité. On tend à vouloir la rendre commune et ordinaire. Alors qu'elle n'est pas du tout anodine.

Solange a fait une moue.

— Un corps, c'est un corps, Laure. Il ne faudrait pas en faire un drame...

Une émotion que je n'avais même pas sentie monter m'enserrait la gorge. J'ai toussé pour m'éclaircir la voix.

Charles et Norbert me fixaient, sans rien dire.

Solange avait cessé de prendre des notes. Elle me souriait. En se penchant vers moi pour me tapoter le genou, elle m'a dit :

— Tu vois ? Je savais que tu en étais capable. Délaisser ton petit état indolent pour faire un grand saut dans l'ardeur et la frénésie. C'est beau. Ça m'émeut de te voir comme ça.

∼

Discrètement, j'ai profité d'une pause pipi pour enfiler mon manteau et mes bottes et me faufiler à l'extérieur. J'avais besoin d'air frais.

Je me sentais comme si on m'avait mise au cycle le plus puissant d'une laveuse. Carrément lessivée. Solange avait raison :

je n'avais plus la moindre idée de comment on faisait pour débattre un point de vue.

Et discuter avec d'autres êtres humains.

Qui aurait cru que le sujet de la nudité allait me fouetter autant?

Sitôt le nez dehors, je l'ai enfoui dans mon foulard. L'air était glacial. De celui qui vous pique jusqu'au fond de la gorge.

Il n'y avait pas de vent.

Pas de neige.

Seulement un froid mordant qui vous gelait l'intérieur.

La porte s'est ouverte derrière moi. Norbert est sorti en réajustant le col de son blouson. Il s'est approché pour s'accoter à la rambarde et respirer un bon coup.

— Fait du bien, non?

Je ne savais pas s'il faisait allusion à la température ou à la performance que je venais de livrer. Dans le doute, j'ai préféré m'abstenir de lui répondre et j'ai continué à fixer les lumières de la ville, en silence.

— Pas bavarde...

J'ai haussé les épaules. Je n'avais plus de munitions.

J'ai fait mine de vouloir rentrer, mais il m'a dit de rester.

J'ai répondu :

— Je ne parle pas.

J'ai vu ses épaules tressauter.

Je le faisais rire.

Il y avait cela de bien.

— Je peux au moins essayer de te faire dire quelques trucs.

J'ai encore haussé les épaules. Peu m'importait. Je me suis de nouveau accotée contre la rambarde tandis qu'il prenait une grande bouffée d'air frais.

— Alors ? La nudité ?

Je l'ai regardé sans comprendre ce qu'il insinuait.

— Pourquoi le sujet te rend-il si véhémente ?

J'ai levé les yeux au ciel.

— Je n'étais pas véhémente !

Norbert m'a pointée du doigt.

— Et là? Tu es quoi, si ce n'est pas véhémente?

— Je...

À quoi bon.

— Oui. J'étais véhémente. Content?

— Pourquoi?

J'avais envie de rentrer.

J'avais envie d'une tempête de neige.

Mais je n'avais pas envie de cette discussion-là avec lui.

Ou peut-être bien que si, justement...

— Parce que je crois que les garçons et les filles abordent la nudité d'un point de vue différent. Sauf Solange, apparemment.

— Explique-toi.

J'ai hésité longuement.

— Je crois que pour les hommes, c'est plus facile. Le concept de nudité n'est pas lié à l'affect ou... à une charge émotive. Pour vous, c'est un état... physique. Être dans son plus simple appareil, c'est... banal.

— Alors que pour une femme... ?

Ouais ? Qu'est-ce que représentait la nudité pour la femme ?

Qu'est-ce qui faisait que c'était si différent entre les deux sexes ?

— C'est autre chose... C'est différent...

— C'est quoi ?

Solange a passé la tête dans l'embrasure de la porte. Son timing ne m'a jamais paru plus adéquat.

— Qu'est-ce que vous faites ? Vous venez ?

Norbert n'a pas bougé. Il me barrait le chemin.

Il a dit :

— Dans deux minutes.

Solange a rouspété :

— Il ne s'écrira pas tout seul, ce travail-là.

Norbert s'est tourné vers elle.

— Deux minutes.

Son ton était plus sec. Moins flegma-tique tout d'un coup. Solange s'est éclipsée sans chercher à argumenter.

Norbert a reporté son attention sur moi.

— Alors ? En quoi c'est différent ?

J'ai tiré sur mon foulard pour dégager mon cou. J'avais chaud.

— La femme, en se mettant nue, elle... elle s'expose. Elle devient un objet de convoitise. Elle devient une source de désir.

— Et pas l'homme ?

Mathis se serait bien marré. J'allais recommencer mon set carré d'une minute à l'autre.

— Non ! L'homme aussi...

— Mais... ?

— Mais... La nudité entre hommes et femmes n'est jamais neutre. Elle n'est jamais innocente. Comprends-tu ? Elle est toujours investie d'une charge sexuelle. Et je crois que c'est une charge qui est plus facile à porter pour un homme que pour une femme.

Norbert a balancé la tête de gauche à droite.

— Pourtant, le sexe, ça se fait à deux. Entre deux êtres humains consentants. Je crois que les deux partenaires portent cette charge. De manière égale.

Sa voix était redevenue basse. Il était posé.

Alors que j'avais de la difficulté à garder une contenance.

Je l'ai contourné pour pouvoir entrer dans l'appartement.

— Laure...

J'ai repoussé sa main qui tentait de me retenir.

— On y va? Solange va faire une scène.

Les cahiers narcissiques

Je ne sais plus comment me comporter avec d'autres humains. J'ai complètement perdu la notion des mots « philanthropie » et « altruisme ».

Je pourrais être la dernière personne sur terre et mon petit égocentrisme vaniteux sur deux pattes s'en porterait très bien.

Mon humeur à l'égard de Norbert est en montagnes russes depuis qu'on l'a intégré à l'équipe. Il y a des jours où je le trouve sympathique et où je m'efforce de faire preuve d'amabilité. Mais la plupart du temps, je suis aussi attachante que le schtroumpf Grognon. Je lui réponds par monosyllabes. Je me ferme lorsqu'il essaie d'en savoir un peu plus sur moi. Je change de sujet sitôt qu'il devient trop personnel. Et je refuse systématiquement toutes ses invitations à venir me reconduire.

Il y a une partie de moi qui l'apprécie. Il a de l'esprit, du talent, de l'humour... Je le reconnais et je me dis que je n'ai aucune raison de ne pas vouloir apprécier sa présence.

Mais il y a aussi une part de moi qui ne veut pas de son attention. Qui veut fuir sa compagnie. Ses questions. Qui bafouille en sa présence. Qui parle tout croche. Qui l'évite. Qui se mure.

Il y a une partie de moi qui est en bordel, présentement.

Qui est laide. Affreuse.

Et je ne veux pas qu'il s'en approche.

Je ne veux pas que Norbert prenne ses aises dans notre quatuor. Parce que je me dis que Mathis va le réintégrer sous peu, et que notre carrosse n'a pas besoin d'une cinquième roue.

Je veux rendre justice au fantôme de mon petit émigré canadien. J'ai beau lui en

vouloir d'être allé s'instruire à Paris, ma fi-
délité à son égard est sans égal.

Je sais que Norbert n'a rien à voir avec
le départ de Mathis.

Je sais que ce n'est pas sa faute si je
suis fatiguée tout le temps.

Je sais qu'il n'y peut rien si Solange
passe son temps à m'accabler de reproches.

Mais ça me fait du bien d'avoir un bouc
émissaire, quelqu'un sur qui déverser mon
fiel un peu.

Chapitre 22

Au quatrième coup administré sur la porte de mon appartement, j'ai fini par quitter le confort de mon sofa pour aller ouvrir à l'effronté qui s'acharnait sur ma tranquillité d'esprit.

Mathilde, ma sœur, était passée quelques heures plus tôt. Je venais de réussir à la mettre à la porte après d'interminables questions et commentaires sur ma vie privée : « Tu n'étudies pas ? Il n'y a pas de jolis garçons cachés sous ton lit ? Mon doux, mais quel genre de repas peux-tu bien te préparer avec le vide qu'il y a dans ton frigo ? Laure, tu sais que les caramels, ce ne sont pas des fruits ? » Elle s'était même permis d'ouvrir quelques bouquins de ma bibliothèque, sacrilège parmi tous les sacrilèges possibles et inimaginables qu'elle pouvait m'infliger. Et en feuilletant les pages de mon *Petit Robert*, elle est tombée sur le fameux lys bleu. Ce qui m'a valu des « Oh ! » et des « Ah ! » et des regards taquins que seules des grandes sœurs savent lancer à leur benjamine.

Je venais tout juste de m'en débarrasser et voilà qu'on s'obstinait de nouveau à me faire lever de mon divan. On s'était passé le mot ou quoi ?

Solange était appuyée au chambranle et Charles me détaillait de haut en bas. Je les ai fixés, sans bouger.

— On y va ? Tu es prête ?

— Où on va ?

Solange a levé les yeux au plafond.

— Le vernissage de l'expo de Norbert.

J'ai ri. Je me suis pointée du doigt.

— Ça, c'est moi qui reste ici, ma vieille.

Je me suis redirigée vers le salon sans plus de cérémonie.

L'exposition de Norbert. Pff ! C'est le dernier endroit où je voulais me trouver.

Et puis, manque de chance, il repassait de vieilles reprises de *Lassie* à la télévision. Absolument rien n'aurait pu me faire laisser ce colley sympathique. Elle était attachante, tout de même. Cette petite boule de poils...

Solange s'est postée entre l'écran et moi.

— Tu es malade?

— Non.

— Tu ne te sens pas bien?

— Je vais très bien.

— Tu es paumée?

— Mon porte-monnaie va très bien, lui aussi.

Elle s'est retournée pour éteindre le téléviseur. Le temps de protester, elle avait déjà mon manteau entre les mains et me le tendait, l'air pincé.

— Tu ne manques pas de sous pour prendre un taxi, tu n'as pas le scorbut, et ton yin et ton yang semblent être en harmonie.

— Solange, je…

Elle a brandi un doigt dans ma direction.

— Non. Ça ne sert à rien que tu me sortes ton baratin. On sort, un point c'est tout. Mets tes bottes, on y va.

J'ai pris mon manteau en boudant.

Il y avait des combats auxquels il fallait savoir renoncer.

Et celui-ci en était un.

***

Solange et Charles faisaient le tour de la pièce, à quelques pas devant moi. Je m'étais volontairement éloignée d'eux. Un peu par rancœur. Je leur en voulais encore de m'avoir obligée à les suivre ici.

Et par pudeur, aussi.

Parce que j'étais sûre que la gêne s'était incrustée dans les moindres traits de mon visage. Qu'on pouvait la humer sur moi. Qu'on pouvait la toucher sur moi.

Pas seulement parce que je me trouvais dans la même pièce que Norbert et que je ne lui avais pas encore adressé la parole depuis notre dernière conversation.

Mais parce que les tableaux qui m'entouraient étaient beaux. Et que j'étais ébahie devant eux. J'étais gênée de ne pas pouvoir m'en détacher des yeux.

Ces personnages.

Ces hommes. Ces femmes.

Des petits. Des grands. Des gros. Des maigres. Des teints basanés. Des épidermes ridés. Des roux. Des chauves. Des poilus. Des imberbes. Des cicatrisés. Des tatoués. Des bossus.

Il y avait une femme, amputée du sein gauche.

Il y avait aussi des types musclés, tout droit sortis du gym et de parfaites Vénus, sorties du plus grand fantasme masculin.

Il y avait même un enfant.

Et le tout était parfaitement homogène.

Malgré les différentes techniques utilisées.

L'opacité de l'acrylique. Le glissement de l'huile. Le grain du pastel.

Autant de modèles et de médiums qui se distinguaient. L'être humain dans son plus grand éclatement de genres, de gabarits et de différences. Tous âges, tous sexes et toutes catégories confondus.

Le corps nu, vu sous tous ses angles.

Norbert avait du talent.

— Et puis? Qu'est-ce que tu en penses?

Solange et Charles étaient revenus vers moi.

— Tu es toute rouge, Laure. Ça va?

J'ai hoché la tête de haut en bas. Charles s'est penché vers moi:

— Veux-tu aller prendre l'air?

J'ai secoué la tête de gauche à droite cette fois-ci. Je n'avais pas besoin d'air.

— Tu m'inquiètes, chérie. On aurait peut-être dû te laisser avec *Lassie*.

J'ai fait signe que non.

— Tu avais raison. Ça me fait du bien d'être ici. Ça me change les idées.

Du coin de l'œil, j'ai aperçu Norbert. Il discutait avec un groupe de gens. J'avais l'impression de ne pas l'avoir vu depuis mille ans. J'ai essayé de ne pas remarquer la façon dont il s'était habillé.

Proprement. Consciencieusement.

Avec sa chemise.

Et ses cheveux.

Et sa posture.

Et la façon avec laquelle il s'adressait à ses invités.

Je n'ai rien remarqué de tout ça.

— Il t'en avait parlé, à toi ? De sa peinture ?

J'ai reporté mon attention sur Charles.

— Non.

— Pourtant, tu étais souvent avec lui...

J'ai haussé les épaules.

— Non. Pas tant que ça.

— Vous avez parlé un bout de temps l'autre fois. Sur le balcon...

J'ai pris une gorgée de la coupe de vin que je sirotais depuis un bon moment déjà. L'ai fait descendre lentement.

— De quoi vous parliez, au fait?

Lentement.

— De nus.

Charles souriait. Il désignait les murs de la main.

— Mais... Pas de ceux-ci?

— Non. Pas de ceux-ci.

— Ah bon...

Norbert nous avait aperçus. De loin, je l'ai vu s'excuser auprès de ses invités et se diriger vers nous. J'ai baissé les yeux sur mon verre. Il était presque vide.

— Je reviens. Je vais juste... Vous en voulez?

Ils ont décliné mon offre en me montrant leur verre respectif qu'ils tenaient dans leur main. Je me suis éclipsée vers le bar.

Les cahiers narcissiques

Mes souvenirs de la veille sont vagues.

Je me rappelle parfaitement Norbert cherchant à venir à ma rencontre.

Et je me rappelle parfaitement l'habileté avec laquelle je me noyais dans la masse.

Entregent : nul.

Courage : re-nul.

Entrain : ...

Visibilité : quelque part, entre franchement réduite et nulle.

Chapitre 23

— Tu as l'air préoccupée.

J'étais dans l'abribus. Une autre soirée de travail enfin terminée.

Mon dos était appuyé contre la vitre, les bras le long du corps.

J'étais immobile.

J'étais calme.

Mais à l'intérieur de moi, je me rongeais les ongles. Je tapais du pied. Je marchais de long en large dans mon esprit.

Je priais la chaîne météo pour une petite tempête.

Même une minuscule m'aurait fait du bien.

— Croyez-vous qu'à la mi-mars, il est trop tard pour qu'une bordée de neige nous tombe dessus?

— Tu en voudrais une?

— Oui.

Murielle a haussé les épaules.

— Tout est possible. Une année, il avait grêlé au mois de mai.

Je me suis tournée vers la rue.

Ce n'était pas des balles de golf que je voulais.

Moi, c'étaient les rafales qui me manquaient.

C'étaient les grandes bourrasques glacées.

Je voulais un blizzard. Je voulais un phénomène atmosphérique. Je voulais trente centimètres de neige. Je voulais des éléments puissants contre lesquels me dresser.

Murielle s'est approchée de moi.

— Tu veux me dire ce qui se passe?

J'ai fermé les yeux.

— Rien, justement. Il ne se passe rien.

Pas même une petite brise.

— Mathis me manque.

Ou juste un flocon...

Murielle était tout près.

— Norbert... C'est un gars avec qui on a fait un travail d'équipe. On a parlé. Et je n'aimais pas me sentir comme ça devant lui.

— Comment?

Encore la même émotion. Le même sentiment.

Qui me tordait l'estomac. Qui me montait à la gorge.

— À découvert? Nue?

J'ai ri.

— On faisait un travail et notre sujet, c'était le nu au cinéma. Le ton avait monté entre nous, Il voulait savoir pourquoi. Je lui ai dit la vérité. Je n'ai rien camouflé, vous comprenez? J'ai été honnête. Je ne me suis pas dérobée. J'aurais pu lui sortir n'importe quoi comme excuse. Je lui ai dit comment je me sentais par rapport à la nudité. Comment on était exposés, nus. Comment on était vulnérables. Je...

Elle a posé une main au creux de mon dos.

Un geste simple. Un effleurement, pourtant.

Mais ma digue ne tenait plus.

J'avais mal de ne pas avoir pleuré avant.

— Je lui ai dit tout ça, puis je suis partie. Je lui ai dit tout ça, et je ne lui parle plus maintenant.

J'ai ri de nouveau. À travers mes larmes.

Je devais être belle à voir.

— C'est bête. Je suis complètement ridicule. N'importe quelle fille aurait été capable de tenir cette conversation-là devant lui sans en faire tout un cas.

J'ai passé une main sur mes joues.

— Pourquoi je réagis comme ça? Parce qu'on parlait de nudité?

D'un mouvement agressif, je me suis dégagée de sa douceur.

— Je n'étais pas nue, devant lui. Alors, pourquoi je me sens comme si je l'avais été ? Je n'étais pas vulnérable. Je n'étais pas sans défense. Et puis, c'était une discussion comme une autre ! J'aurais pu ne pas lui raconter tout ça. J'aurais pu faire semblant. Je n'étais pas obligée de lui répondre.

Murielle s'est de nouveau approchée de moi. Décidément, mon brusque changement d'émotions ne lui faisait pas le moindre effet.

— Non. Tu n'étais pas obligée. Mais tu as tout de même choisi de le faire. Tu n'étais peut-être pas nue devant lui, mais tu t'es rendue visible. Et je crois que la raison pour laquelle tu as battu en retraite, c'est parce que ça t'a fait peur. Est-ce que je me trompe ?

Chapitre 24

Mardi après-midi.

J'étais en classe.

J'étais aussi étrangement... paisible.

Il aurait été faux de dire que j'écoutais avidement les paroles du prof devant moi ou que je remplissais mon cahier de notes avec beaucoup de détails, mais je sentais qu'il y avait un changement qui s'opérait en moi. Un changement d'humeur.

Bon, je n'allais pas me mettre à chanter que la vie était merveilleuse, mais je me sentais moins envahie par l'inquiétude. Moins... encombrée.

Je ressassais les paroles de Murielle, mais pas comme une mauvaise comptine qu'on ne réussit pas à s'enlever de la tête.

J'y pensais plutôt avec soulagement. Comme si elle avait réussi l'exploit d'exprimer ce que je ressentais. De mettre des mots sur ma tempête intérieure.

Ce qui avait eu comme effet de m'apaiser.

« Me rendre visible. »

« Être vue. »

Je me répétais ces mots comme un mantra.

Non, je n'écoutais peut-être pas les mots qui sortaient de la bouche de l'enseignant devant moi. Ce que mes oreilles percevaient tenait davantage du domaine du bourdonnement que des paroles sensées. Mais j'observais ses mouvements. Sa façon de communiquer.

J'observais la façon dont les autres élèves recevaient son enseignement.

Certains se tenaient le dos droit, les bras croisés, les yeux fixés sur le prof, suivant son va-et-vient devant la classe. D'autres s'étendaient à moitié sur leur bureau, leur stylo entre les lèvres, un air rêveur. Un air d'ailleurs. Un gars gribouillait dans son agenda. Deux filles s'échangeaient des textos en gloussant. À ma droite, une fille aux airs un peu *geek* faisait des bulles avec sa gomme à mâcher. Son voisin piquait visiblement un somme.

Je les observais et je ne pouvais pas m'empêcher de penser à mon admirateur secret, qui aurait très bien pu faire partie de ce groupe de gens.

Je n'étais pas déçue de ne pas avoir connu son identité. Oui, bien sûr, ma curiosité aurait voulu que je sache qui était l'auteur de ces petits présents. Je ne m'en cacherai pas.

Mais pour le moment, ce qui m'importait, c'était plutôt de constater que quelqu'un s'était rendu visible pour moi.

Quelqu'un s'était volontairement mis sur mon chemin pour que je le remarque.

Quelqu'un avait voulu me voir sourire. Me remonter le moral.

J'importais aux yeux d'un autre être humain.

C'est à cela que je pensais.

C'est cette idée-là qui m'apaisait. Le fait de compter pour quelqu'un.

Chapitre 25

Solange me chuchotait à l'oreille.

Je me demandais bien pourquoi, puis-qu'on était seules à la table et que le Petit Victor était bondé de gens en ce samedi après-midi.

— Il m'a fait lire son dernier travail sur Haneke. GÉ-NI-AL!!! Tu savais qu'on avait intégré un génie dans notre équipe, toi?

J'écoutais Solange me rebattre les oreilles avec le génie de Norbert. Selon elle, c'était un dieu de l'analyse. Grâce à lui, on avait réussi à aller chercher un A pour notre premier travail.

On aurait pu atteindre le A+ si je m'étais impliquée davantage.

C'est ce qu'elle ne cessait de me répéter.

— Il fait une analogie entre le travail de Pimp et le travail de Haneke.

Elle battait des bras devant moi. Comme pour me montrer davantage l'étendue de sa brillance.

— Pimp?

— Oui. Un peintre autrichien, je crois.

On repassera pour la brillance.

— Klimt.

— Oui. Tu le connais?

Je n'osais pas lui avouer que Klimt était sans doute le peintre autrichien le plus connu dans le monde.

— Bof... Un peu. Ce n'est pas lui qui a peint le fameux *Baiser*?

— Ah oui! Les filles dans les courte-pointes...

Solange s'est tue.

Les gars revenaient à notre table avec nos cafés.

— Et puis? Ça avance?

Norbert m'a tendu le mien. Je l'ai remercié du bout des lèvres.

— On bûche encore sur la signification du double.

— Et puis? Qu'est-ce que ça donne?

Norbert s'est rassis en face de moi. J'ai rétracté mes pieds sous ma chaise pour éviter tout contact avec lui.

Solange a fait le point sur notre travail, mais je n'écoutais que d'une oreille distraite. La majeure partie de ma concentration était tournée vers Norbert, bien malgré moi.

En matière de sujet d'étude, il semblait susciter davantage mon intérêt.

Voyant qu'aucun de nous trois ne portait la moindre attention à son charabia, Solange s'est mise à dialoguer avec son contenant à café.

— Ou laisser tomber Lynch carrément et s'attaquer au dernier film de Barbie. Je suis certaine qu'on pourrait faire de belles comparaisons avec la notion du double :

doublement insipide, doublement con, doublement blonde...

Elle continuait d'en rajouter. Je commençais sérieusement à me demander qui avait le plus besoin d'aide entre elle et moi.

— Ma nièce de cinq ans a le film chez elle. Elle pourrait même nous refiler quelques tuyaux pour l'analyse.

Ses yeux ont délaissé sa boisson pour les reporter sur nous.

Elle nous dévisageait à tour de rôle.

— Vous me le dites si je vous dérange dans vos méditations personnelles, hein ? Laure, je peux comprendre. Il y a des connexions qui ne se font plus dans son cerveau.

Finalement, ça allait. Tout était revenu à la normale.

Elle n'avait visiblement pas besoin d'être sauvée.

— Oh, laisse-la tranquille, Solange.

Le ton de Norbert était sec.

J'avais envie de lui dire de laisser tomber. Que les propos de Solange ne me dérangeaient plus depuis un sacré bout de temps. J'y étais comme immunisée.

Mais Charles a pris la parole avant que je le fasse. Il proposait de faire une recherche sur la signification du double dans le dictionnaire des symboles.

Solange a levé les yeux au plafond en entendant sa suggestion.

— Charles... On ne rentrera pas dans l'analyse symbolique. C'est trop vague et en général, les profs détestent ça.

Il a fait fi du commentaire de Solange et tout en cherchant dans son sac à dos, il a marmonné que des fois, ça pouvait donner une directive intéressante.

Il a cessé de triturer son sac, aussi soudainement qu'il avait commencé à fouiller dedans, et s'est mis à accuser Solange.

— C'est toi qui as mon dictionnaire.

— Ton dictionnaire? Non. Je ne crois pas à ça, moi. Le symbolisme. Je ne lis pas des affaires de grand-mère.

— Tu me l'as emprunté pour ton travail sur *Fargo* et tu ne me l'as jamais remis.

Solange a grimacé. Prise en flagrant délit.

— Oh, oui... C'est vrai. Mais je ne l'ai pas gardé.

— Je ne le trouve pas.

Solange s'est penchée vers lui, au-dessus de la table.

— Il est sans doute chez toi.

Charles s'est levé, a empoigné son manteau et celui de Solange.

— Alors, viens. On va aller le chercher. Vous deux, continuez à trouver des pistes en attendant.

— Mais...

Solange avait beau protester, Charles l'entraînait déjà vers la sortie.

Tout ça s'était passé si rapidement que je fixais encore la porte d'un air ahuri. Même après qu'ils l'eurent franchie.

— T'as vu ça?

— Quoi?

J'ai fixé mon regard sur Norbert.

— Charles a eu le dessus sur Solange!

Il a haussé les épaules.

C'était une première dans l'histoire. Mathis réussissait à la remettre à sa place. Mais Charles...!

Charles, c'était la douceur incarnée.

Bon, il pouvait être stupide quand il était question de nudité. Mais en temps normal, il ne disait jamais un mot plus fort que l'autre.

Alors, qu'il tienne tête à Solange... Je n'en revenais tout simplement pas.

En me rendant compte que le regard de Norbert était toujours braqué sur moi, j'ai cessé immédiatement d'afficher mon petit air abruti.

Et je me suis dit que finalement, moi aussi, j'aurais bien aimé partir à la recherche des symboles perdus plutôt que de demeurer en tête à tête avec lui.

Là, précisément à cet instant, j'aurais voulu lui avoir parlé plus tôt. Ne serait-ce que pour avoir échangé quelques banalités d'usage avec lui. Et éviter de nous retrouver avec une espèce de malaise gros comme le Stade olympique entre nous deux.

Désormais, il n'y avait que du silence entre lui et moi. Et un silence, quand on le laisse s'étirer, il se remplit de questions et de suppositions.

On a fini par ouvrir la bouche en même temps.

— Vas-y.

— Non, toi. Vas-y.

Je me suis lancée la première.

— C'était bien ton exposition.

J'ai pensé que parler de son vernissage était une bonne entrée en matière après tout ce qui ne s'était pas dit entre lui et moi depuis l'évènement.

— Bien ?

J'ai hoché la tête affirmativement.

Il a ri.

— C'est tout ? C'était juste... bien ?

— Non. Ce n'était pas juste bien. C'était mieux que bien. C'était...

Je ne trouvais pas les mots.

Et même si je les avais trouvés, Norbert ne semblait pas disposé à les écouter.

— Eh bien, je suis content que tu aies aimé ça. Parce que je t'avoue qu'avec toute la distance que tu t'évertuais à mettre entre toi et moi, le soir de mon vernissage, je croyais que tu ne savais pas comment me dire que tu détestais ce que je peins.

J'étais abasourdie. Je ne m'attendais pas à cela.

— Au contraire, Norbert. J'ai aimé tes tableaux...

— Oui ?

Son regard était dur. Son ton aussi.

Et je n'étais pas sûre d'apprécier.

J'ai croisé les bras sur ma poitrine.

— Pourquoi tu ne me l'as pas dit, ce que tu peins ? T'aurais pu le dire. Notre travail portait sur le nu.

J'ai ouvert une main dans sa direction.

— Et oh ! Heureux hasard. Ça s'adonne que tu peins des nus.

À son tour de croiser les bras sur sa poitrine.

— Ça aurait changé quoi ?

C'est vrai, Laure. Quelle différence cela aurait fait ?

— Rien, j'imagine.

J'ai pris mon café.

— Ça aurait changé le sens de tes paroles dans ta bouche.

J'allais prendre une gorgée.

Et puis non. Pas tout de suite.

— Parce que tes toiles...

Norbert semblait plus disposé à m'écouter, maintenant. Ça m'a encouragée à poursuivre.

— La nudité que tu peins n'est pas banale. Elle n'est pas gratuite. Tu n'as pas seulement peint des corps nus pour peindre des corps nus. Ils ont un sens. Ils parlent au-delà de leur nudité. Mais pourtant, quand on faisait notre travail sur le nu, tu n'arrêtais pas de me contredire.

— C'était pour explorer toutes les facettes du sujet. C'est ça qu'on appelle un *brainstorming*.

J'ai porté mon café à mes lèvres.

Puis l'en ai éloigné sans y goûter.

— C'est juste que sur le balcon, après... Quand je t'ai raconté ce que je pensais de ma nudité, tu semblais pas mal te foutre de ma gueule. Alors, je me disais...

Norbert a froncé les sourcils.

— La nudité.

— Pardon?

— La nudité. Tu as dit : *ma* nudité. Et puis, non, je ne me foutais pas de ta gueule.

Je l'ai regardé sans réagir.

— Non. J'ai dit : *la* nudité.

Il a ri.

— Je sais ce que j'ai entendu.

J'ai rougi.

— Et je sais ce que j'ai dit.

Il s'est avancé sur sa chaise. Assez pour pouvoir accoter ses coudes sur la table et déposer ses mains à deux centimètres des miennes.

— Je peux te poser une question ?

J'ai eu l'impression de chevroter mon oui. Peureuse jusqu'au bout des cordes vocales. Je n'ai pas attendu qu'il parle avant de porter ma tasse à mes lèvres pour une troisième fois avec la ferme intention de le savourer.

— Tu me laisserais te peindre ?

Je me suis étouffée avec ma gorgée.

Il me l'avait pris au caramel.

— Imbécile…

— Pardon ?

Le client qui rôdait autour de la présentation de livres jeunesse que j'étais en train de faire m'a dévisagée avec des sour-cils circonflexes.

Je l'ai rassuré un peu sèchement.

— Pas vous. Un autre.

J'ai déplacé une pile de livres, épousseté l'espace libéré avec la paume de ma main et remis le tout dans sa position initiale.

— Pauvre con...

J'ai levé une main en direction du client.

— Et ce n'est toujours pas de vous que je parle.

Je l'ai vu s'éloigner, presque à pas de souris.

— Stupide. Stupide !

J'ai empoigné quelques volumes pour pouvoir les déposer sur le chariot. Mais en me retournant vers celui-ci, la pile que je tenais à bout de bras s'est déglinguée et s'est ramassée à mes pieds dans un fracas tonnant.

J'ai repris mes incantations.

— Idiot de m... merde! Espèce de...
d'âne bête! Crétin!

Je me suis penchée pour ramasser mon
dégât.

— Un pas d'allure fini! Complètement
taré. Mais ce qu'il faut être cave, quand
même!

Une paire de souliers est apparue dans
mon champ de vision.

Elle appartenait à Michel.

J'ai grommelé avant qu'il me menace
de payer les livres:

— Ça va. Ils ne sont pas abîmés. Tu
vois?

Je lui ai montré les surfaces soignées
des livres.

— Beaux. Beaux. Beaux.

J'empilais mes livres.

— Tu as besoin d'un coup de main?

Je lui ai indiqué le volume à ses pieds.

— Ben déjà, si tu pouvais le ramasser,
lui...

— Non, je parlais des qualificatifs que tu donnes aux clients. Tu veux que je t'en trouve d'autres?

J'ai soupiré.

— C'est un début de syndrome de Gilles de La Tourette ou...?

J'ai fini par me relever et regarder mon directeur adjoint dans les yeux.

— Je peux te poser une question?

Mon directeur adjoint a eu l'air surpris de celui dont l'autorité est balayée d'un revers de la main.

— Tu peux me dire ce qui vous passe par la tête? Vous, les gars? Vous débarquez, vous faites des propositions déplacées et vous virez tout à l'envers. C'est quoi, ça? À quoi vous jouez?

Michel n'a rien perdu de son expression hébétée.

J'en ai profité pour reprendre:

— Tu sais pourquoi on ne demande pas à une presque inconnue de la peindre nue? Parce que dans les conventions sociales, ça ne se fait pas! C'est implicite entre les êtres humains. C'est un principe. Je ne te demande pas de quelle couleur sont tes sous-vêtements et tu ne me proposes pas de me peindre nue. C'est comme ça.

J'ai contourné mon directeur adjoint qui ne bougeait toujours pas d'une miette et j'ai déposé une pile de livres bruyamment sur la table que je tâchais de rendre plus attrayante.

— Me vois-tu? Nue? Devant lui? Je ne peux pas me l'imaginer. Lui. En train de peindre mon...

D'un geste, j'ai voulu chasser les images de ma tête.

Je me suis mordu la lèvre inférieure en me rappelant à qui j'étais en train de confier mes angoisses existentielles.

Mon directeur adjoint a balayé ma présentation du regard.

— Après ce cube, il faudrait que tu revoies l'allure du comptoir-caisse. Et puis, essaie de garder ta langue dans ta poche jusqu'à la fermeture du magasin. D'accord?

Sur ces sages paroles, il a tourné les talons et m'a laissée à ma tâche.

Et à mes ruminations.

Chapitre 26

On pense toujours à quelque chose quand on s'efforce de ne penser à rien. En fait, après tout ce temps passé à demeurer le plus silencieuse et le plus immobile possible, j'en suis venue à la conclusion qu'on pensait encore plus à ce qu'on essayait d'éviter de penser quand on cherchait à ne penser à rien.

La proposition de Norbert accaparait la majorité de mes pensées depuis qu'elle avait jailli de sa bouche. La nuit, je me réveillais même pour y songer.

J'avais craint de le revoir. Je n'étais pas préparée. Je ne savais pas comment j'allais réagir en sa présence. Si c'était bizarre entre lui et moi, Solange allait poser des questions et je n'avais aucune envie de me justifier. Aucune envie non plus de faire comme si rien ne s'était passé.

J'avais pensé rester à la maison, mais je n'avais aucun désir non plus de subir les récriminations de Solange.

Je m'étais donc présentée au cours de *Cinéma et société* en longeant les murs, allant directement m'asseoir aux côtés de Charles, le plus loin possible de Norbert. Et c'est le cours lui-même qui est venu à ma rescousse : l'enseignant nous présentait des extraits de films pour le reste de l'avant-midi. Je n'avais donc pas à lui adresser la parole.

Pas encore.

Seule, dans mes autres cours, je fixais mon regard sur un point en avant de la salle et je passais de longues minutes à me repasser la scène du café, la fois où il m'avait demandé la permission de me peindre. Je m'imaginais des réponses intelligentes à lui fournir. Des répliques bien senties.

Bien sûr, elles affluaient après une semaine de réflexion.

Tout mon être se recroquevillait sur lui-même à l'idée d'accepter son offre, et pourtant, une part de moi avait terriblement envie de le faire. D'essayer, pour une fois, de me contraindre à surpasser mes limites.

Mais ce qu'il me proposait me terrifiait.

Ça dépassait l'aspect corporel.

Ça dépassait le fait d'avoir des yeux étrangers braqués sur mon corps nu.

Si j'acceptais son offre, je consentais à être détaillée dans les moindres recoins. Je l'autorisais à me voir telle que je suis.

Un peu bancale.

Lacunaire.

J'avais peur qu'il s'aperçoive que j'étais faite de travers.

Qu'on m'avait bâtie à l'envers.

C'était pathétique de constater à quel point je ne pouvais avoir aucune emprise sur mon subconscient.

Et sur mes désirs.

Je veux.

Je ne veux pas.

Je veux.

Je ne veux pas...

Une chose se précisait, cependant. J'aurais aimé que Norbert me refasse sa demande. Qu'il me bouscule et qu'il me contraigne à me dévoiler.

Parce qu'en sa présence, j'avais l'impression d'être vue, un peu.

J'avais l'impression qu'il m'insufflait un grand coup de vie.

～

J'ai entendu quelqu'un jouer avec la serrure.

Après d'ultimes efforts, la porte de mon appartement s'est ouverte. Je n'avais pas pris la peine de mettre la chaîne.

D'où j'étais, je ne voyais pas l'intrus.

Je ne me suis pas donné la peine de l'accueillir, non plus. Le seul qui avait un double des clés de mon appartement était Mathis.

Or, il se trouvait à Paris.

À moins d'un numéro de magie, je ne voyais pas comment il aurait pu se téléporter jusqu'au centre-ville de Montréal.

Et je n'allais pas me lever pour un bandit. Qu'il prenne tout ce qu'il voulait. Je n'allais pas me mettre en travers de son chemin.

J'étais déjà en travers de mon prélart. Puisque depuis le matin, je restais couchée à plat ventre sur mon plancher de cuisine. À faire la morte. À faire le vide dans mon esprit.

Et j'étais bien.

J'entendais l'importun hésiter sur mon palier, en jouant la cinquième symphonie à partir de son trousseau de clés. Des pas timides se sont approchés de la cuisine. Puis une paire de souliers est apparue dans mon champ de vision.

J'ai détourné la tête.

Je savais à qui elle appartenait.

Je l'ai entendu enlever son manteau, déposer son trousseau sur la table. Lentement, il s'est laissé glisser le long du mur, jusqu'au sol.

De longues minutes ont épousé notre silence.

Le soleil déclinait à l'horizon. Ses rayons, atténués par le début du soir, dessinaient de grandes figures géométriques sur le sol à mes côtés. Elles s'étiraient de la grande porte vitrée jusqu'à mon flanc.

Mes doigts se sont posés sur l'une d'elles, à la recherche d'un relent de chaleur. Étendue face contre terre sur le plancher tiède, je commençais à frissonner. L'inactivité de mon corps engourdissait mes membres.

J'ai ramené ma main sous moi. Je n'ai pas reconnu ma voix quand j'ai parlé.

— Ça t'est déjà arrivé de te sentir comme ça? Si petit, si minuscule que tu veuilles te mettre en boule sur un espace infiniment plus grand que toi? Sur un terrain plat, qui n'oscille pas. Qui te laisse tranquille avec ton mal du monde.

Il n'a pas répondu.

J'entendais son souffle dans mon dos.

Régulier et constant.

Égal à son tempérament.

Il n'y a pas beaucoup de choses qui réussissaient à l'ébranler.

Même pas une amie. Inerte. Au beau milieu de sa cuisine.

— Ça t'est déjà arrivé de vivre ça? Un état d'esprit qui n'en finit pas de gronder. Qui n'en finit pas de s'étirer. Qui ne mène à rien et qui sort de je ne sais où. Et cet état d'esprit te suit. T'accapare. T'emprisonne. Comme un manque. Un vide. Une réflexion tellement profonde qu'elle ne donne plus aucun écho sur les parois de ta tête. Juste une ondulation constante à la surface de tes pensées.

Les arabesques dessinées au sol commençaient à se dissoudre.

Même le soleil me mettait en quarantaine.

Je me suis enfin décidée à le regarder.

Charles avait ramené ses jambes contre son torse. Ses avant-bras pendaient sur ses genoux. Son visage, tourné vers moi, était attentif.

Gardien tranquille de ma santé mentale.

Il s'est approché en douceur. S'est étendu sur le flanc, à ma gauche, pour que ses yeux soient à la même hauteur que les miens.

— Une fois, je crois que ça m'est arrivé.

Une lueur d'espoir s'est allumée au creux de mon abdomen.

— Qu'est-ce que tu as fait pour que ça passe?

Il devait nécessairement avoir un remède pour qu'il se tienne là, en chair et en os à mes côtés.

— Rien.

— Rien?

Il a fait non de la tête.

— Ça a passé tout seul? Comme... par enchantement?

Il a haussé les épaules, en balayant du doigt une poussière sur mon plancher. Je voyais sa pomme d'Adam monter et descendre à la base de son cou.

— Et combien de temps ça a pris pour que ça disparaisse ?

— Il y a des fois où je me dis que ce n'est pas encore passé.

Il a plié un coude, sous sa tête. Pour se faire un appui. Puis il a tranquillement tourné son visage vers moi, pour mieux me dévisager.

— Tu devais t'en douter un peu. Non ?

Je n'ai pas répondu.

Son regard a finalement quitté le mien pour mieux ~~~~~ r les ombres au plafond.

— Quand j'ai compris qu'il ne se passerait plus jamais rien entre toi et moi, je pensais que je n'allais jamais m'en remettre. Que je n'allais jamais pouvoir redevenir le gars que j'étais avant toi.

— Il n'y a rien qui cloche avec celui-ci.

Il m'a dévisagée de nouveau. J'ai rajouté :

— Et puis, je croyais que c'était ce que tu voulais aussi. C'est tout ce que les garçons veulent, non ? Une fille. L'espace d'une soirée. Pas de promesses. Pas d'engagement. Je croyais que c'était ce que tu cherchais.

— Non.

J'avais de la difficulté à m'imaginer le contraire.

— Depuis le début de la cinquième secondaire, je te voyais différemment. Tu t'impliquais dans tous les comités : celui du bal de finissants, le journal étudiant, la remise des diplômes, l'album de finissants... Tu étais pleine d'énergie. Je trouvais que tu resplendissais. Tu étais toujours en train de raconter des blagues ou de taquiner Mathis. Tu citais des passages des derniers livres que tu venais de lire. Tu étais studieuse. Intelligente. Drôlement belle...

J'ai tiqué sur le « drôlement », mais je l'ai laissé poursuivre sans rechigner.

— J'étais content de la clique qu'on formait, tous les quatre. J'étais fier de me sentir tout près de toi. De faire partie de ton quotidien.

J'ai souri aux souvenirs qui remontaient à la mémoire. Au lien qui nous unissait, tous les quatre. Je me rappelais comment on était bien, à cette époque-là.

— Mais j'ai vite compris que ce que je ressentais envers toi n'était pas partagé. On était des bons copains, mais pour toi, ça s'arrêtait là. Tu me classais dans la même catégorie que Mathis. Ça s'est confirmé le jour où tu m'as fait ta fameuse demande. Je crois bien que tu as été ma première peine d'amour...

Charles souriait en prononçant la dernière phrase.

Je devais afficher un air troublé, puisqu'il s'est repris presque instantanément.

— Eh... Ne t'en fais pas. On n'en meurt réellement que la première fois, d'un chagrin d'amour. Après, même si c'est dur, on se relève et on recommence une autre histoire. Avec une autre fille.

— C'est ce que tu es en train de faire ? Avec Solange ?

J'avais laissé échapper cette question sans m'en rendre compte. Charles s'est contenté de sourire, sans me répondre.

Et c'était bien ainsi.

— Et puis, de toute façon, quand je vois l'état comateux dans lequel tu baignes en ce moment, je ne te trouve plus une once d'attirance ! Je me demande même ce qui m'a pris de te courir après.

Je l'ai poussé du coude.

— Vas-y. Profite du fait que tu as le cœur brisé pour m'en faire baver. Avoir su que tu allais devenir aussi méchant...

À son tour de se redresser un peu.

— C'est toi qui es venue vers moi, je te rappelle.

— Oui, mais c'est uniquement parce que Mathis venait de sortir du placard. Sinon, ça aurait été lui, l'heureux élu.

— Oh ! Crois-moi. Il n'y avait rien d'heureux dans cette situation-là. Tu étais aussi crispée qu'une morte.

— C'était ma première fois. Et puis, tu t'attendais à quoi? Honnêtement? À ce que ce soit la grande extase? Tu savais autant que moi que ça allait être médiocre. Je te l'ai demandé, à toi, pour être débarrassée une fois pour toutes.

— On reste polie, quand même. Il s'agit de ma virilité.

— C'est toi qui as commencé, je te ferai remarquer. En salissant à cœur joie ma réputation. Je ne suis pas si comateuse que ça!

Charles m'a lancé un regard par en dessous.

J'ai rectifié :

— Je ne suis pas si comateuse *tout le temps*.

Mon ventre a choisi ce moment pour se plaindre d'avoir été laissé en plan depuis le matin. Charles a souri.

— Tu avais prévu quoi pour souper?

— Rien. Et je suis affamée.

Charles ne m'a pas fourni d'explications quant à la phase que je traversais. Il n'a pas soumis une série d'interprétations toutes aussi nulles les unes que les autres. Il ne s'est pas usé en banalités d'usage. Il ne m'a pas abreuvée de conseils. Il n'a pas réduit ma lassitude à néant.

Et je lui en étais reconnaissante.

Il n'y a rien de pire que quelqu'un qui essaie de résoudre vos problèmes en inventant des théories insignifiantes. Charles ne savait pas, et il avait le bon goût de l'admettre.

Je me sentais aussi redevable à Mathis d'avoir prévu le coup. D'avoir manipulé les ficelles depuis son bout du monde. D'avoir confié à Charles les clés de mon appartement et celles de ma conscience par la même occasion. D'avoir vu en lui un protecteur opportun.

Il ne s'était pas trompé.

Je ne savais pas ce qui avait poussé Charles à se rendre chez moi. Avait-il pressenti quelque chose ? Avait-il essayé de m'appeler ? Avait-il besoin lui aussi d'un endroit où s'étendre et cesser de penser ?

Son intrusion avait été la bienvenue.

C'était bon de le revoir. D'agir avec lui comme au temps du secondaire. De se raconter n'importe quoi. Sa présence avait momentanément éclipsé la proposition de Norbert.

Bien sûr, son aveu me troublait.

Je m'en voulais d'avoir été à la source de ses tribulations durant ces deux dernières années. Je m'en mordais encore plus les doigts de ne pas en avoir été consciente. Je ne savais pas ce que j'aurais pu y changer si je l'avais su plus tôt, mais... Je me disais qu'au moins, j'aurais été là pour lui. J'aurais pu éviter certains gestes qui auraient fait en sorte qu'il s'accroche davantage à ses sentiments envers moi. J'aurais passé sous silence des commentaires qui auraient pu l'encourager.

J'aurais...

J'aurais été différente.

Et tout compte fait, je crois bien que cela aurait été pire.

Je crois qu'il aurait été blessé par mes efforts à faire comme si de rien n'était. Je crois qu'il m'en aurait voulu de mon éloignement.

Car involontairement, je crois bien que c'est ce que j'aurais fait.

Parce que je n'en voulais pas de son affection.

Je n'en voulais pas, là, aujourd'hui, et je n'en aurais pas voulu avant.

J'avais du mal à m'imaginer bâtir quelque chose avec quelqu'un alors que j'avais de la difficulté à rassembler les morceaux qui me formaient. Il me semblait que j'avais tellement de coins sombres à dépoussiérer.

Chapitre 27

Je me suis lancée dans un ménage ahurissant de mon deux et demi. Je ne m'étais jamais autant donnée à fond dans cette activité.

J'ai lavé mon frigo, mes murs, les moulures, mon armoire à pharmacie. J'ai décrassé mon four. J'ai chassé les minous de poussière de sous·mon divan. J'ai épousseté ma bibliothèque en relisant au passage quelques-uns de mes extraits préférés. J'ai rafraîchi mes deux plantes vertes en plastique, cadeaux de Mathis. J'ai rangé le bocal à poisson, son dernier occupant étant mort il y a belle lurette. J'ai ouvert les fenêtres pour laisser entrer de l'air frais. J'ai même passé un coup de chiffon sur les stores.

J'en étais rendue à passer un petit coup de balai quand j'ai entendu un signal provenant de mon ordinateur. Je me suis approchée.

Je venais de recevoir un courriel du donateur de mes végétaux inanimés.

Je ne lui avais toujours pas écrit depuis le début de son expatriation. Lui, en revanche, emplissait mon système de messagerie à lui seul. Plus il persistait dans l'envoi de ses courriels et plus je me terrais dans mon silence. J'étais incapable de lui répondre. J'avais l'impression de suffoquer devant chacun d'eux.

Il badinait à propos de son quotidien. Il déblatérait contre ses profs. Il racontait sa nouvelle vie.

Son adaptation semblait si facile. L'habitude européenne s'installait déjà en lui. Son ton était léger. Insouciant. À croire qu'il n'y avait pas de dépit et de chagrin à Paris.

Chacun de ses courriels me ramenait à ma propre routine insipide : école, librairie et appartement. Chacun de ses courriels me renvoyait à l'étau que j'utilisais pour maintenir ma vie dans un cadre décent.

Mon regard immobile sur sa vie en mouvement.

Son avancement.

Ma stagnation.

D'un clic de souris, j'ai ouvert son courriel. Il l'avait intitulé « *Paris est la plus belle ville du monde.* » J'ai eu mal au cœur. Pas eu la force de le lire.

Pas maintenant.

J'ai laissé tomber mon balai. Me suis mise à tourner en rond dans l'appartement. Je sentais une boule se former dans mon œsophage.

Là, j'en avais besoin d'une monstrueuse.

Une tempête à couper le souffle.

Quelque chose qui pourrait rassasier mon esprit belliqueux. J'avais envie de me battre contre quelqu'un d'aussi malhabile que moi avec le bonheur. Qui avait la rouille en plein cœur. Je voulais m'assurer de ne pas être la seule à me ronger les sangs dans mon coin.

J'ai empoigné mon manteau. Il y avait urgence de me soustraire à tout ça. D'aller respirer les odeurs singulières de Montréal.

Évidemment, lorsque je suis sortie, il n'y avait aucune trace de neige à l'horizon. Même pas une légère poudrerie contre laquelle j'aurais pu m'insurger.

Je me suis mise à marcher. Vers nulle part, juste vers autre chose que mon appartement et le décor parisien de Mathis. J'avais besoin de désordre et le centre-ville était l'endroit tout indiqué pour en trouver.

J'ai emboîté le pas aux piétons, aux automobilistes, les devantures des immeubles se dressant à mes côtés. J'ai suivi les trottoirs et les bouts de rue qui voulaient bien me supporter. La glace fondait et formait des petits dessins opaques sur la chaussée.

Le mois de mars était sans doute le plus triste de l'année.

Je n'avais aucune idée de l'endroit où j'allais. Je me disais : « Tant mieux si je peux me perdre. Ça fera ça à chercher. J'aurai un but, une quête. Une action à compléter. »

Je ne savais pas combien de temps s'était écoulé depuis que j'avais quitté mon domicile. Il commençait à faire noir, il commençait à faire froid. Les rues se vidaient des fonctionnaires et des travailleurs de bureau. Ils devaient tous être rendus de l'autre côté du pont.

Je marchais sans destination précise quand j'ai entendu quelqu'un crier mon nom. Je me suis arrêtée et j'ai levé les yeux vers l'autre côté de la rue. Norbert me fixait, étonné. Il s'est faufilé parmi les automobiles, jusqu'à moi.

À ma hauteur, son visage s'est décomposé. Il est resté un bon moment, silencieux, à me considérer les bras ballants.

Je me suis inquiétée de son air figé.

Il a fini par retirer une main de sa mitaine. Par passer ses doigts sur ma joue.

Eh bien...

Il avait plu sans que je m'en rende compte.

~

— Tu habites dans quel coin?

Je ne réussissais pas à demeurer assise, malgré les récriminations de Norbert. Il m'invitait à m'asseoir à intervalles réguliers depuis qu'on avait mis les pieds dans son deux-pièces, qui lui servait à la fois d'atelier et d'endroit pour dormir. Les toiles qu'il n'avait pu exposer reposaient pêle-mêle, les unes sur les autres, adossées aux murs. Moi qui réclamais du désordre, j'étais choyée. J'en faisais le tour comme un enfant dans une bonbonnière.

— Dans le Village.

Le visage de Norbert est apparu, derrière la colonne de sa cuisine.

— Tu as marché... tout ça? Du Village à La Petite-Patrie? Tu as une idée du nombre de stations de métro que ça représente?

J'ai haussé les épaules. Honnêtement, je m'en moquais.

— J'avais envie de bouger.

Norbert a marmonné :

— Quand j'ai envie de bouger, je vais chercher du lait au dépanneur en face.

Un sifflement strident a retenti et Norbert s'est éclipsé.

J'ai repris ma fouille parmi ses tableaux. Mais il est réapparu au bout de quelques minutes seulement, avec deux tasses. Il m'en a tendu une. J'ai grimacé au goût du thé vert qu'il m'avait concocté. Son amertume me montait jusque derrière les mâchoires.

J'ai déposé ma tasse sur la table basse du salon. Norbert continuait de me dévisager, l'air grave et avec des points d'interrogation à la place des yeux. Il m'a invitée à m'asseoir sur son vieux canapé.

— Alors ? Qu'est-ce que tu faisais dans le coin ?

Sur le coup, je n'ai pas su quoi lui répondre. J'aurais pu lui sortir une histoire incroyable pour justifier ma présence dans son quartier. La vérité m'a finalement paru plus simple et moins laborieuse.

— Je ne sais pas trop... J'essayais de me perdre, je pense.

Il a accueilli ma réponse avec un «Ah...» dénué de toute expression.

— Et ça a fonctionné?

J'ai haussé les épaules.

— Pas vraiment. J'ai abouti ici.

Il a ri.

Je me suis levée. Il y avait d'autres toiles que je n'avais pas aperçues en rentrant, cachées derrière le canapé.

— Laure...

J'ai levé les yeux dans sa direction. L'air grave, il semblait ne plus trop savoir comment compléter sa phrase.

— Est-ce que c'est correct? Je veux dire... entre nous deux? Est-ce que ça va?

— Hmm...

J'ai reporté mon attention sur les tableaux.

— J'ai l'impression de t'avoir mise mal à l'aise avec ma proposition et...

— Pourquoi le nu ?

J'aurais tout fait pour qu'on ne parle pas de cela.

Pas maintenant.

Norbert me fixait la bouche ouverte. Comme en suspens. Je voyais bien que lui, il aurait aimé crever le silence entre nous deux. Mettre des mots sur les dernières semaines pour se rassurer.

Je crois que mon regard l'implorait de me suivre dans ma direction et non la sienne, puisqu'il m'a répondu du tac au tac, en se calant davantage dans les coussins du divan.

— Pourquoi *pas* le nu ?

Mes lèvres lui ont esquissé un sourire.

Je lui étais reconnaissante de ne pas insister.

— Parce que ça choque. Ça indispose. Ça met mal à l'aise. C'est...

— Pervers ?

J'ai perçu la taquinerie dans sa voix.

J'ai précisé :

— Intime.

Il a déposé sa tasse sur la table devant lui.

— Je ne force aucun de mes modèles à se déshabiller. Et puis, honnêtement, je trouve qu'il y a bien d'autres choses dans la vie qui peuvent être dérangeantes. Un corps, tout le monde en a un. Ça fait partie de la nature. On n'existerait pas sans lui.

Je lui ai répondu en mâchant mes mots, trop occupée à contempler ses tableaux.

— Oui, sauf qu'on ne se balade pas en l'exposant dans le costume d'Adam.

J'avais fait le tour de ses toiles. J'ai scruté les recoins de son appartement, à la recherche d'autres trésors cachés. Mais je n'en voyais aucun. Faute de tableaux à

me mettre sous les yeux, je me suis intéressée à sa collection de CD.

— Ils réussissaient bien, les autres ? À se
mettre nus devant toi ?

— Ça dépend des modèles.

Je n'avais jamais vu une collection de
CD aussi disparates : cela oscillait entre le
classique et le rock alternatif.

Norbert a renchéri après un certain
temps.

— C'est eux qui décidaient comment
ils pouvaient être à l'aise. Il y en a qui sont
arrivés ici complètement défoncés. D'autres
qui me racontaient leur vie en préambule.
Il y en a qui m'ont demandé de les peindre
dans une certaine pénombre. Juste quelques chandelles, c'est tout. D'autres qui se
foutaient à poil, carrément, devant moi.
Une des modèles m'a déjà fait des avances.
Elle croyait que c'était une façon détournée
de profiter de la situation.

Eh bien ! Céline Dion.

Je lui ai montré le CD, moqueuse. Il a
grimacé.

— À mon ex.

Je l'ai rangé à sa place en me disant que c'était bien pratique d'avoir l'excuse d'une ex dans sa manche...

— Ça ne t'a jamais traversé l'esprit ?

— Hmm ? De quoi ?

— De vouloir profiter de la situation.

Il a haussé les épaules.

— Pas vraiment. Pour moi, c'est un travail. C'est ce qu'il y a de plus sérieux.

Je l'ai singé :

— « Pas vraiment. » À d'autres, je t'en prie...

Il a éclaté de rire.

— J'ai déjà couché avec une des modèles. Elle est devenue ma copine par la suite. Mais ça a été la seule.

Je lui ai lancé un regard sceptique. Il a levé une main à la hauteur de son épaule.

— Je le jure !

Je suis retournée m'asseoir à ses côtés. J'ai empoigné ma tasse de thé et Norbert a poursuivi.

— Il y en a qui m'ont demandé de me mettre nu, moi aussi. D'égal à égal.

— Et tu l'as fait?

— Bien... oui. Si c'était pour les rendre plus à l'aise, pourquoi pas?

Pour un instant, je me suis surprise à l'imaginer nu.

J'ai rougi, évidemment.

Norbert a dû se douter un peu du genre d'idées qui me traversaient l'esprit, puisqu'il s'est empressé d'enchaîner, en cherchant un truc sous son canapé.

— Il y en a une qui a posé à deux reprises. La deuxième fois, elle était enceinte jusqu'aux dents. Ça a fait un sacré diptyque.

Norbert a mis la main sur ce qui semblait être un portfolio. Il l'a ouvert à une page, et m'a montré l'effet que cela a donné.

J'ai fait tourner les pages, les unes après les autres.

— Ça prend du temps ?

— Encore là, ça dépend. Le plus court, une heure. Je savais exactement ce que je voulais, cette fois-là. Et la fille et moi, on a vraiment connecté. On était dans une sorte de... symbiose créative.

« Symbiose créative. »

Il me prenait vraiment pour une pauvre dinde...

J'ai souri, mais il a fait mine de ne pas remarquer mon air amusé.

— Le plus long... je dirais une demi-journée.

— Et l'enfant ?

— J'avoue que j'ai triché, pour celui-là. C'est moi, quand j'étais petit.

Il m'a pris le portfolio des mains. En a retiré délicatement une photo d'une des pochettes. C'était lui, vers cinq ans environ. Je voyais bien que la toile à son exposition avait été créée à partir de ce cliché. Je l'ai remise précautionneusement à sa place.

— Et le choix du médium ?

Je ne sais pas pourquoi, mais cela m'apparaissait être l'une des questions les plus pertinentes dans tout ce projet.

— Encore une fois, ça dépend de ce que le modèle m'inspire.

— Moi, je t'inspire quoi ?

Il m'a étudiée à peine quelques secondes.

— Le pastel, définitivement.

Les cahiers narcissiques

L'assurance avec laquelle Norbert a proposé le pastel m'a fait comme un velours.

D'un, parce que c'est probablement le médium qui me plaît le plus. Tellement de nuances et de tons sont possibles avec lui. On peut jouer avec les dégradés, s'amuser avec les différentes harmonies de couleur. Et on doit nécessairement prendre son temps lorsqu'on l'utilise. Il faut laisser nos doigts apprivoiser le grain du support. Les laisser s'imprégner de sa texture.

Rien à voir avec l'acrylique, qu'il faut manier rapidement, ou l'huile qui nécessite tout un bataclan de solvants à base de térébenthine nauséabonde.

Et puis...

Cela m'a rassurée de voir quelqu'un clamer une vérité à mon endroit. Comme si, pour une fois dans ma vie, il y avait quelque chose de clair à mon sujet.

Quelque chose d'indéniable.

Chapitre 28

— Laure ? Tu es demandée, sur la deux.

— C'est qui ?

Michel a fait une moue excédée.

— Je ne sais pas. Je ne connais pas tout ton cercle relationnel.

Je me suis dirigée vers le téléphone le plus près.

C'était Mathilde, ma sœur.

— Tu ne donnes plus de nouvelles. Qu'est-ce qui se passe ? Tu es toujours en vie ?

— Oui, oui. Mais... Je vais à l'école et je travaille. Je n'ai pas beaucoup de temps.

En fait, rien de ce que je venais de lui dire n'était vrai. J'allais très peu à l'école ces jours-ci. J'étais consciente que j'allais échouer trois cours sur cinq, que c'était de l'argent jeté par les fenêtres et que j'étais en train de perdre une session au cégep. Cette constatation me laissait d'ailleurs un goût d'échec dans la bouche.

Côté travail, je n'y mettais les pieds que parce que j'avais un loyer à payer à la fin du mois. Mais «travailler» n'est pas exactement le terme que j'emploierais pour désigner ce que j'y faisais. Cela se résumait en un acte de présence : je rangeais des livres, répondais à quelques questions… Le strict minimum, quoi.

— Oh! Tu as *attrapé* la fin de session?

Mathilde en parlait comme d'une maladie estudiantine. Je ne me suis même pas donné la peine de répliquer. Si ça pouvait lui faire plaisir de croire que la fin de session n'était pas aussi pénible qu'on le laissait supposer…

— Tu prévois une rémission bientôt? On voudrait organiser ton anniversaire. Si ce n'est pas trop te demander, bien sûr.

J'avais envie de lui dire de ne pas se donner cette peine. Je n'avais aucun désir d'être célébrée. Il n'y avait rien de glorifiant dans le fait de vieillir. Pour ma part, on pouvait cesser de planifier mes prochaines fêtes. Je ne m'y présenterais pas de toute façon.

— Et puis, tu nous feras une liste de ce que tu veux.

Comme chaque fois où je parlais avec elle, j'ai levé les yeux au plafond. Elle avait le don de me hérisser.

— Oui. Je te la ferai parvenir par courrier recommandé.

— Hé! On fait ça pour toi, nous. Pour te faire plaisir. Mais si tu n'as pas le temps ou si c'est trop te demander, on laisse tomber. On ne t'en fera pas de cadeaux. Ça allégera autant notre emploi du temps que le tien...

J'ai éloigné le combiné de mon oreille. Je n'avais pas le goût d'entendre cela.

Michel est passé derrière moi. J'ai mis ma sœur « en attente ».

— Michel, la deux, c'est pour toi, finalement.

Il a déposé sa pile de livres sur le comptoir et s'est emparé de l'appareil.

— C'est qui ?

— Je ne sais pas. Je ne connais pas tout ton cercle relationnel, moi.

Chapitre 29

Norbert a ouvert la porte de son logement. Je ne l'ai pas laissé parler.

— Tu es toujours intéressé?

Il avait les cheveux pêle-mêle et ne portait que des boxers et un vieux t-shirt de *Metallica*. Quelque chose me disait que je le réveillais.

— Laure? Qu'est-ce que tu fiches ici? Il est quelle heure?

Je n'ai répondu ni à l'une ni à l'autre de ses questions. Je me suis contentée de répéter la mienne.

— Tu es toujours intéressé?

Il a passé une main dans ses cheveux.

— À te peindre?

J'ai acquiescé.

— Maintenant ?

Sa voix était rauque. Un sommeil interrompu additionné d'un effet de surprise donnaient un résultat à la *Godfather*. Qu'on se le tienne pour dit.

— Oui. Maintenant. Je sais qu'on est au beau milieu de la nuit, mais c'est maintenant que j'ai le courage de le faire. Si tu me demandes de repasser à une heure plus décente, je ne reviendrai pas. Je te le dis tout de suite. Si tu veux encore de moi comme modèle, ça doit se faire là, à l'instant.

Enfin... c'est ce que je supposais. Je n'avais encore jamais posé nue pour quelqu'un auparavant.

— Alors, c'est oui ou c'est non ?

Jusqu'ici, je n'avais pas considéré la possibilité qu'il puisse me renvoyer chez moi. Ou qu'il puisse être avec une fille. Je venais de prendre conscience de l'ampleur du ridicule si Norbert n'était pas seul.

Mais il a fini par entrebâiller sa porte davantage en me faisant signe d'entrer. J'ai été soulagée de constater qu'il n'y avait personne d'autre chez lui.

— Tu me laisses deux secondes? Le temps que j'aille enfiler des vêtements plus présentables?

J'ai fait signe que oui et l'ai suivi à l'intérieur. Il a allumé quelques lumières et s'est dirigé vers une chaise à côté de son lit, sur laquelle pendait une paire de jeans. Il l'a enfilée et a disparu dans la salle de bain. Je l'ai entendu se brosser les dents. Lorsqu'il en est sorti quelques minutes plus tard, il avait toujours les cheveux hirsutes, mais une haleine fraîche.

Et moi, je n'avais toujours pas bougé du vestibule.

Norbert s'activait autour de la cafetière. Il a agité une tasse sous mon nez.

— Tu en veux un?

J'ai fait signe que non.

Norbert s'est arrêté dans son va-et-vient, comme s'il venait de se rendre compte de ma présence. Il s'est penché vers moi en me gratifiant d'un regard moqueur.

— Tu vas bien? Tu n'as pas changé d'idée?

Cette fois, j'ai hoché la tête dans à peu près tous les sens, ce qui l'a bien fait rire.

— C'est juste moi ou... tu sembles un peu moins sûre de toi, tout d'un coup?

Je retirais mes bottes et mon manteau quand mon regard s'est posé sur son centre de table.

J'imagine que j'aurais dû le remarquer avant. Les couleurs étaient pimpantes et contrastaient avec les couleurs plus sobres de son appartement. Et c'est sans compter le parfum sucré qui embaumait l'air.

Mais dans l'énervement, je n'avais pas tout de suite remarqué l'énorme bouquet de fleurs qui trônait majestueusement dans un vieux carton de jus, au centre de sa table de cuisine.

Norbert a mis la cafetière en marche et s'est tourné vers moi. J'ai senti son regard suivre le mien.

D'un mouvement de la main, il a désigné le bouquet.

— Mon père est fleuriste. Des fois, il passe par chez moi et me laisse des bouquets de fleurs. Celles qu'il n'a pas vendues. Ça lui évite de les voir pourrir dans sa serre.

Je me suis approchée de la gerbe de fleurs. Mes doigts ont effleuré les pétales, en s'attardant sur ceux d'un lys.

Bleu.

J'ai dévisagé Norbert. Il a soutenu mon regard quelques instants. Sans rien dire.

Puis il s'est dirigé vers le salon, en s'éclaircissant la voix.

— Je vais juste avoir besoin de réaménager un peu l'espace. Si tu permets.

Je l'ai observé tasser une chaise ici. Pousser sa table à dessin par là. Tirer les couvertures de son lit pour rendre l'espace moins personnel. Ouvrir son ordinateur portable et sélectionner une chanson dans sa bibliothèque musicale.

Lorsqu'il a eu fini, il s'est tourné vers moi en me faisant signe que c'était prêt.

On s'est fixés des yeux. Bêtement.

La cafetière ronronnait dans mon dos et emplissait à elle seule le silence.

Mais j'ai fini par le rompre.

Une question me brûlait les lèvres.

— C'est qui, «DB»?

Norbert continuait à me fixer, apparemment calme.

Moi, j'avais le cœur qui courait un marathon dans ma cage thoracique.

Sans rien dire, il s'est tourné vers son portable et a sélectionné une nouvelle piste musicale.

Sa main s'est ensuite dirigée vers les haut-parleurs pour hausser légèrement le volume.

Dans un miroir

Trop grand pour moi

J'ai vu mes yeux

Baigner dans du liquide

Je n'ai pas cru d'abord

En mon chagrin

D'autant que je ne pleure

Plus jamais

Mais en fouillant

Juste un peu plus

J'ai trouvé des motifs

Bien assortis

Et des raisons plus qu'intéressantes

Pour comprendre ce qui m'arrive

J'avais la gorge nouée. Je reconnaissais le texte.

J'avais appris les mots par cœur.

Comme une mélodie.

C'est qu'il ne m'arrive plus rien

Tous les jours de mon âge m'ont endormi

Jamais plus rien

Plus de voyages, presque plus d'amis

C'est très restreint

En termes de loisirs et de plaisirs

Norbert a baissé le volume, juste assez pour qu'on continue à entendre la mélopée en sourdine. Puis il s'est mis à raconter.

— Je te voyais dans les cours de philo, à la dernière session. Et... Je ne sais pas. Je crois que c'est d'abord l'artiste en moi qui t'appréciait. À chaque cours, je t'observais un peu plus. Je te détaillais. Ta posture. Ton profil. Ta coiffure. Ta gestuelle. D'une certaine façon, je pense que je te peignais déjà un peu, dans ma tête.

Les mains dans les poches de son jean, le bas du dos accoté sur son bureau de travail, Norbert m'apparaissait différent.

— Tu ne parlais à personne dans les cours. Tu t'asseyais à la même place. Tout le temps. Tu arrivais cinq ou dix minutes à l'avance et tu quittais la classe exactement au moment où le prof disait que c'était terminé. Tu remballais tes trucs et tu disparaissais. Et je ne te voyais pas pendant une semaine.

Ses yeux détaillaient les rainures sur le plancher.

— Puis un jour, vous êtes arrivés, tous les quatre, au Petit Victor. Et à quelque part, au fond de moi, j'étais content. Parce que je te voyais en dehors du cours et je pouvais continuer à t'observer. Je me disais que c'était un bel adon que la fille de philo se retrouve presque deux ou trois fois par semaine dans le café où je travaille. Tout d'un coup, ça rendait mon boulot plus... captivant. Disons que j'ai accepté plus d'heures supplémentaires à partir de ce moment-là. Ça m'a permis de découvrir que... tu avais un faible pour le caramel.

Il s'est gratté la tête en grimaçant, embêté par son aveu.

— Tu me chicotais parce que ton attitude était la même. En classe comme avec tes amis, au café. Tu étais au beau milieu d'un groupe dans les deux cas. Entourée de gens. Mais... Je sais pas. Seule, aussi, en même temps.

Ses yeux, à ce moment-là, se sont posés sur moi. Comme pour tester la véracité de ses paroles. Vérifier s'il avait raison ou... s'il faisait fausse route.

J'ai juste supporté son regard, sans démentir quoi que ce soit.

— La musique de Daniel Bélanger m'a aidé à passer à travers plusieurs phases disons... plus ou moins évidentes. Et il y a quelque chose qui me disait que tu allais sans doute te reconnaître également dans ses paroles. J'espérais, du moins. Est-ce que... Est-ce que je me suis trompé?

Pour toute réponse, j'ai tiré le feuillet de la poche arrière de mon jean. Je l'avais traîné avec moi. Je ne sais plus pour quelle raison. Pour me donner du courage, sans doute. Le papier sur lequel il avait inscrit les paroles de Daniel Bélanger était tout froissé. Je le lui ai tendu. Un peu gênée.

Il s'est levé du bureau où il était accoté pour s'en emparer. Il l'a étudié quelques instants, en souriant.

— Je vois que tu l'as lu, au moins.

— Plus d'une fois, oui.

— Tu n'es pas obligée de le faire, tu sais ? Je ne t'en voudrais pas si tu changes d'idée.

Je l'ai rassuré.

— Non, non. Je le sais. J'ai envie de le faire.

Je ne bougeais pourtant pas davantage.

— J'ai juste besoin de temps, un peu.

— OK.

J'épiais le moindre de ses mouvements, à la recherche d'une minuscule parcelle de trac. Il n'en démontrait aucune. Il s'est versé sa deuxième tasse de café d'un geste posé et a sorti tranquillement le lait du frigo, comme s'il ignorait qu'une fille allait se trouver entièrement nue dans son salon dans les prochaines minutes. Soit il était bon acteur et il parvenait à camoufler sa nervosité, soit il faisait preuve d'un professionnalisme renversant.

Il s'est avancé vers moi, presque nonchalant. Il a déposé sa tasse fumante sur le sol, aux côtés de sa table à dessin. Puis il s'est redressé, en enfonçant ses mains dans les poches de son jean.

— Je consulte un psy.

Je ne sais pas pourquoi j'ai laissé cette information franchir mes lèvres. Je ne consultais pas vraiment – même si elle en était une, Murielle n'était pas vraiment ma thérapeute –, mais j'avais besoin d'acheter du temps.

Après l'honnêteté dont Norbert avait fait preuve en dévoilant une partie du mystère entourant les cadeaux anonymes, je me sentais dans l'obligation de lui révéler un secret moi aussi.

Être sincère avec lui, à mon tour.

J'ai dit la première chose qui m'est venue à l'esprit.

Et Norbert me regardait étrangement, maintenant.

— OK.

Il n'avait plus du tout l'air assuré.

— Pourquoi tu me dis ça?

J'ai haussé les épaules.

— Pour te mettre en garde contre celle que tu dessineras, j'imagine. Et pour te donner l'heure juste sur la fille à qui tu offrais des cadeaux la session passée, sans vraiment la connaître. Elle n'est peut-être pas totalement saine d'esprit, tu sais. Pas totalement sûre d'elle.

J'ai baissé les yeux au sol.

J'avais vraiment le don de me montrer sous mon meilleur jour.

— Tantôt, je t'ai dit que j'avais toute ma tête quand j'ai décidé de mettre les pieds ici. Que je le faisais en toute connaissance de cause. Mais pour être franche, je n'en sais rien. Je ne sais pas du tout ce que je fais ici.

J'ai dégluti.

D'un mouvement des mains, je lui ai désigné sa table à dessin et ses pastels.

— Mais il faut ce qu'il faut pour se sortir de son confort, non ? Peut-être que c'est ce que ça me prend pour... me sentir vivante ?

Il a esquissé une drôle de moue, qui me laissait présager le contraire.

— Vivante? Je ne sais pas. Tu vas probablement sortir d'ici avec les jambes ankylosées et des courbatures un peu partout dans le corps à force d'être demeurée immobile pendant des heures.

— Eh bien, on peut dire que tu sais vendre un projet, pas vrai?

Norbert s'est contenté de sourire. Puis doucement, il a repris:

— Je peux quand même essayer de te mettre à l'aise dans ton inconfort.

Il a désigné son ordinateur portable.

— Tu as de la musique.

Il m'a ensuite pointée du doigt.

— Tu m'as mis en garde contre ta santé mentale...

On a ri tous les deux.

— Tu as besoin d'autre chose?

Sa voix était douce et rassurante.

— Que tu te fermes les yeux?

Norbert n'a nullement été déboussolé par ma demande. Il s'est dirigé de nouveau vers la cuisine et en est revenu avec un linge à vaisselle, qu'il a déployé magistralement avant de s'asseoir sur son tabouret et de s'en bander les yeux.

— Quoi d'autre ?

Je riais franchement. J'appréciais sa gentillesse et les efforts qu'il déployait.

— Tu n'auras pas un peu de difficulté à me dessiner avec une obstruction visuelle pareille ?

— Si c'est ce que ça te prend pour que tu sois en confiance...

« En confiance... »

Ça m'a semblé être de bien grands mots pour la petite personne que j'étais.

— Ne l'enlève pas tout de suite. Je veux juste...

Norbert n'a pas bougé d'un poil. Il attendait sagement sur son tabouret, les mains jointes au-dessus de ses cuisses.

J'ai continué à le fixer pendant quelques secondes. Toujours immobile. Toujours en attente.

Puis, j'ai retiré mon chandail de laine. Mes jeans. Mes bas.

Daniel Bélanger jouait encore en sourdine.

Cesse un peu de jeter

de l'ombre sur le jour

Avril est morne

Les neiges fondent

C'est le cours du printemps

Dans ce qu'il y a de triste

Et tu en rajoutes un peu plus

Sur la liste

Il fallait que je pense à demander à Norbert le titre de l'album pour que je puisse me le procurer.

Norbert était toujours aussi amarré à son siège, sa tête tournée vers moi. L'idée de faire des grimaces m'a traversé l'esprit. Pour le tester. Voir s'il trichait.

J'étais ridicule.

Il allait finir par tout voir de toute façon.

Essaie de comprendre

C'est fort, plus fort que toi

Tu tombes

J'ai enlevé tout le reste. Un à un. Lentement. En rivant mon regard sur tout ce qui m'entourait. Sur tout ce qui pouvait être fixe dans mon champ de vision.

Ça court les rues les docteurs

On ira voir...

Je ne sais pas combien de temps s'est écoulé avant que je n'entende Norbert s'avancer dans mon dos.

Je sais seulement que je tremblais. Je pleurais.

Il m'a tournée vers lui.

— J'avoue que le coup des larmes, c'est la première fois qu'on me le fait, celui-là.

Chapitre 30

En dix-huit ans, je crois qu'il ne m'était encore jamais arrivé d'assister à un lever de soleil. Il m'est déjà arrivé de passer des nuits blanches et de rentrer chez moi accompagnée des premiers piaillements des oiseaux. Mais prendre le temps de m'asseoir, tête tournée vers l'est, et regarder cet astre lumineux peindre tout un tableau de couleur sur sa couverture indigo, non.

Jamais.

Et pourtant...

J'étais sortie de chez Norbert depuis peu. Il faisait encore nuit. Il voulait que je reste, au moins jusqu'au premier métro. Je l'ai remercié, mais je lui ai dit que ce n'était pas nécessaire. Je savais où je m'en allais.

Je me suis arrêtée pour acheter un gigantesque café au caramel, puis je me suis dirigée vers le sud. Je marchais tranquillement.

On a tout son temps quand on n'a plus d'obligations...

Je me suis posée sur un banc élimé du parc La Fontaine. J'ai ouvert mon récipient à café, j'en ai humé les arômes. Toutes ces petites choses que je ne faisais plus depuis le début du cégep. Par manque de temps. Par manque de courage, aussi.

Je ne m'étais pas rendu compte jusqu'à quel point cela m'avait manqué.

Prendre mon temps.

J'ai étiré les jambes devant moi. Norbert avait raison. Elles étaient ankylosées d'avoir passé plus de trois heures statufiées dans des poses rigides.

En attendant les premières lueurs du jour, je me suis repassée le film des dernières heures dans ma tête. Une part de moi rougissait de gêne. Je me mordais les doigts pour ne pas rire. Est-ce vraiment moi qui avais fait cela? Qui m'étais tenue devant lui aussi longtemps, sans flancher? Sans courir me cacher dans mes vêtements?

Norbert m'avait fait un cadeau précieux. Sans le savoir, il m'avait ouvert une brèche dans le monde des possibles. En arrêtant le temps dans son atelier, en choisissant de me rendre visible, moi, Laure Tousignant, il m'avait enlevé mes œillères.

L'horizon s'est mis à rougir, lui aussi.

J'ai respiré un grand coup.

Je me suis permis d'être bien.

~∽~

— Eh bien! D'où tu viens, à une heure pareille?

Ma mère a ouvert la porte davantage, en me laissant passer devant elle. Un coup d'œil au miroir du vestibule m'a fait comprendre que ma nuit blanche se lisait sur tous les traits de mon visage.

J'ai souri à mon reflet. J'en aurais pris vingt, des nuits blanches comme elle.

— Sais pas. Me promenais. J'avais envie de venir déjeuner avec toi et papa. Je vous dérange?

— Mais non, ne sois pas idiote. Ça nous fait plaisir.

J'ai enlevé manteau et bottes et j'ai suivi ma mère à la cuisine. Mon père faisait cuire ce qui ressemblait à des crêpes. Je me suis approchée de lui et lui ai appliqué un bec sonore sur les joues.

— Qu'est-ce que tu fais là, toi? Tu n'es pas au cégep?

J'ai trempé un doigt dans le pot de confitures ouvert sur le comptoir et l'ai porté à mes lèvres.

— Non, je n'avais pas envie d'y aller.

— Pourquoi? Il y a quelque chose qui ne va pas?

Mon père me dévisageait d'un air inquiet. À ce moment-là, je me suis dit que peut-être qu'il n'allait pas comprendre. Que peut-être, j'allais devoir expliquer et rendre des comptes sur la décision que j'étais en train de prendre.

Ça viendrait. Je me suis promis de le faire. Quand ce sera plus clair dans ma tête, je vais leur en parler.

Du revers de la main, ma mère a tapoté l'épaule de son mari.

— Tu vois bien qu'elle est bien.

— Oui, mais le jeudi matin, elle est censée être en classe. Je me fais du souci pour son absence, c'est tout.

— Oui, bon. Ce n'est pas non plus comme si toi, tu n'avais jamais manqué l'école...

Ma mère est passée à côté de moi et a laissé glisser sa main contre ma joue. Elle m'a scrutée, les yeux rieurs, les lèvres moqueuses. Elle a fini par hocher la tête de haut en bas.

— Ça se voit dans ses yeux qu'elle est bien.

Je lui ai souri.

Elle a sorti des assiettes de l'armoire et me les a mises dans les mains.

J'avais faim.

Chapitre 31

J'ai fini par retourner voir l'exposition de Norbert. Quelques tableaux s'étaient vendus et il les avait remplacés par d'autres. J'en reconnaissais certains, que j'avais vus chez lui.

Il avait exposé mon portrait aussi.

J'ai d'abord été intimidée quand mon regard s'est posé sur l'image de mon corps. C'était ridicule, je le savais, mais j'avais peur que les quelques personnes présentes dans la salle me reconnaissent.

Je n'avais pas vu le résultat final. Je savais qu'il avait dessiné plusieurs croquis cette nuit-là, mais je n'avais pas cherché à les regarder. Je n'étais pas prête pour ce genre de confrontation.

Il avait sélectionné un tableau dans les teintes de bleu. J'y étais dessinée de face, la tête légèrement tournée vers l'arrière. Comme si je repoussais quelqu'un. On voyait très peu de parties de mon corps. Il m'avait cadrée en demi-buste. L'accent avait volontairement été mis sur mon visage.

Je m'en suis approchée.

Contrairement à ce que je croyais, Norbert n'avait pas utilisé que le pastel. Il y avait aussi juxtaposé de l'aquarelle. Jamais je n'aurais cru que ces deux médiums auraient pu s'utiliser conjointement, sur un même tableau.

Le résultat m'émouvait. L'aquarelle avait laissé des coulisses sombres sur mon visage, comme des larmes qui coulaient en dehors du cadre. Norbert m'avait faite sous la pluie.

Je suis restée de longues minutes à m'observer.

Quand mon regard s'est enfin détaché du tableau, j'ai remarqué la fiche technique sur laquelle étaient inscrits les dimensions de la toile, les médiums utilisés et le titre. Sous l'avis «collection privée», Norbert m'avait intitulée : *La fille de guingois.*

J'ai entendu des pas venir dans ma direction. Le gazon en atténuait le son, mais je percevais tout de même un bruissement dans les brins d'herbe.

Puis, une ombre s'est glissée sur mon visage. J'ai ouvert les yeux.

Il était à contre-jour, mais je distinguais clairement sa silhouette mince et ses cheveux hirsutes.

J'ai affiché un énorme sourire.

— Tu peux m'expliquer comment ça se fait que je te trouve toujours en train de te faire dorer au soleil? À croire que tu ne sais pas faire autre chose de ta vie...

Je me suis prestement levée au son de la voix de Mathis pour me précipiter à son cou en riant. Il tenait un bouquet de pissenlits dans une main et un affreux bibelot de la tour Eiffel dans l'autre.

— Comment tu as su où j'étais?

— Je suis passé par ton appartement en quittant l'aéroport. Mais il n'y avait pas de réponse. Alors, je suis allé chez Solange et elle m'a dit que je te trouverais ici. Paraîtrait que le parc La Fontaine est rendu ton endroit de prédilection ces jours-ci...

— Elle n'a pas voulu t'accompagner ?

— Eh bien... Disons qu'elle n'était pas seule.

— Solange n'était pas seule ? À midi ? Avec qui elle était ? On le connaît ?

— Devine ?

— Charles ?

Mathis a hoché la tête de haut en bas.

— Enfin ! Il était temps.

— Je leur ai quand même donné rendez-vous à dix-huit heures à Berri-UQAM. Ce n'est pas parce qu'ils sortent ensemble qu'on va changer nos vieilles habitudes.

Il m'a aidée à ramasser mon livre et la couverture sur laquelle je m'étendais pratiquement tous les matins ensoleillés depuis la fin de la session.

Session que j'avais un peu en travers de la gorge. J'avais eu des échecs à deux de mes cours et j'avais réussi à en passer un autre de justesse. Je ne peux pas dire que les résultats m'éblouissaient. Et je ne peux pas dire non plus que je savais avec exactitude ce que je faisais.

J'étais bien consciente du fait qu'en septembre prochain, Mathis, Solange et Charles allaient entamer l'université. Ils allaient continuer à étudier. À avancer.

Alors que moi...

Quand j'analysais ma situation sous cet angle-là, j'avais le vertige.

Mais j'avais besoin d'arrêter. De prendre le temps de penser.

Avec le recul, je me rendais compte que je m'étais peut-être inscrite en arts et lettres pour être avec Mathis. Et aussi parce qu'à seize ans, quand était venu le temps d'envoyer mes demandes aux différents cégeps de la province, je n'avais aucune idée du métier que je voulais exercer pour le reste de ma vie.

J'aimais la littérature et il allait de soi, à l'époque, que je m'inscrive dans un programme de lettres.

Maintenant... Eh bien, je ne sais plus.

Peut-être vais-je entreprendre une technique en inhalothérapie. Ou continuer à travailler à la librairie pendant un bout de temps. Et reprendre mes études plus tard.

Comme j'ai dit, je ne sais pas encore.

Mathis a passé un bras sur mes épaules et on s'est mis à marcher.

— Et puis? As-tu suivi mon conseil, finalement?

— Lequel? Celui de dénicher l'identité de mon admirateur secret et de passer tout mon temps libre avec lui ou celui d'aller consulter?

Mathis a émis un sifflement admiratif.

— Pas mal! Tu n'as pas dit le mot « sexe », mais tu as dit quelque chose qui s'en approchait. C'est bien. Et puis? Tu l'as fait?

Je lui ai répondu par l'affirmative. Pour la consultation. On s'entend.

Je continuais à rencontrer Murielle. De façon irrégulière. Mais cela me convenait parfaitement. J'étais moi-même irrégulière et inconstante. À quoi bon vouloir en changer le cours?

Je me sentais toujours en territoire ennemi chaque fois que je mettais les pieds dans l'abribus. Je demeurais sur le qui-vive.

Prête à battre en retraite au moindre faux pas.

Mais j'apprenais aussi à apprivoiser cette peur-là. À m'en faire une alliée.

J'ai levé mon visage vers Mathis.

— Pourquoi tu ne me l'as pas dit? Que tu avais déjà consulté, toi aussi?

Il a haussé les épaules.

— Et toi? Pourquoi tu ne me l'as pas dit pour Charles? Que ça avait été lui, ton premier?

J'ai souri.

OK.

On était quittes.

On avait chacun des territoires protégés à l'intérieur de nous-mêmes.

Il m'a attirée vers lui, pour déposer un baiser sur mon front.

— Tu t'es mise au dessin, toi?

— J'essaie de m'y mettre.

— J'avoue que je suis resté surpris. Je n'ai pas reçu un seul mot de toi de toute la session et puis cette enveloppe-là est arrivée, un mardi matin où j'étais en retard à mes cours. Je l'ai ouverte et j'ai vu cette œuvre d'art, ce Picasso en devenir, signé de ton nom...

Je l'ai poussé du coude.

— Eh bien, Paris ne t'aura pas changé sur ce point: tu es toujours aussi mesquin.

— Mais dis-moi d'où elle t'est venue, cette passion?

J'ai rougi.

Je savais bien que tôt ou tard, j'allais devoir lui parler de Norbert. Il allait finir par en entendre parler par Solange ou Charles, de toute façon. Mais je n'avais pas envie de brusquer les choses. Pas tout à fait certaine de vouloir sortir Norbert au grand jour.

On continuait à se voir, lui et moi. C'est lui qui m'avait montré comment tenir un pastel entre les doigts et comment ébaucher un croquis.

J'avais de la difficulté à définir notre relation. Lui, en revanche, ne manifestait aucun doute à notre endroit. À sa manière de me regarder, je savais ce qu'il pensait de nous deux.

Je m'en allais dans cette direction-là, moi aussi. Mais j'avais juste encore besoin d'un peu de temps pour m'y habituer.

— Disons pour l'instant que ça me détend. Et que le dessin me permet d'aborder le monde différemment.

Les paroles des chansons *Revivre* et *Tu tombes* de Daniel Bélanger sont reproduites avec l'autorisation des Éditions Achille Cassel.

Photo : © Martine Doyon

ÉLYSE POUDRIER

Le premier roman d'Élyse Poudrier, *Une famille et demie*, a été sélectionné au Palmarès Communication-Jeunesse 2001-2002 en plus d'être finaliste au Prix M. Christie et au Prix Odyssée, remis au meilleur roman jeunesse. Elle n'avait alors que 18 ans! À 29 ans, après un bac en littérature, elle en est à présent à son quatrième livre et travaille dans le domaine de l'assurance. Comme les héroïnes de ses histoires, elle s'est posé beaucoup de questions à l'adolescence. Elle espère donc que ses livres pourront aider les jeunes lecteurs, traversant aussi cette période intense, à *cheminer* à leur tour.

Visitez le site de Québec Amérique jeunesse!

www.quebec-amerique.com/index-jeunesse.php

Fiches d'exploitation pédagogique

Vous pouvez vous les procurer sur notre site Internet à la section jeunesse / matériel pédagogique.

www.quebec-amerique.com

GARANT DES FORÊTS INTACTES

L'impression de cet ouvrage a permis de sauvegarder l'équivalent de 17 arbres de 15 à 20 cm de diamètre et de 12 m de hauteur.

Achevé d'imprimer au Canada
sur papier Enviro 100% recyclé
sur les presses de Imprimerie Lebonfon Inc.